Viro Major

(Plus grande que l'homme)

Roman historique

Jean–Marc Becquet

Dépôt légal avril 2018, ISBN : 979-10-94133-45-3

JMB EDITIONS

Prix 9,00 €

À Delphine.

*« Mon instituteur avait le génie de savoir enseigner et de
donner aux autres l'envie d'apprendre »*, Louise Michel

Viro Major, début du poème de Victor Hugo.

« Ayant vu le massacre immense, le combat,

Le peuple sur sa croix, Paris sur son grabat,

La pitié formidable était dans tes paroles ;

Tu faisais ce que font les grandes âmes folles,

Et lasse de lutter, de rêver, de souffrir,

Tu disais : J'ai tué ! car tu voulais mourir.

Tu mentais contre toi, terrible et surhumaine.

Judith la sombre juive, Arria la romaine,

Eussent battu des mains pendant que tu parlais.

Tu disais aux greniers : J'ai brûlé les palais !

Tu glorifiais ceux qu'on écrase et qu'on foule ;

Tu criais : J'ai tué, qu'on me tue ! Et la foule

Ecoutait cette femme altière s'accuser.

Tu semblais envoyer au sépulcre un baiser ;

Ton œil fixe pesait sur les juges livides,

Et tu songeais, pareille aux graves Euménides.

La pâle mort était debout derrière toi.

Toute la vaste salle était pleine d'effroi,

Car le peuple saignant hait la guerre civile ».

Ce poème fut écrit en décembre 1871, par Victor Hugo en hommage à Louise Michel qui était jugée par une cour martiale pour sa participation à la Commune de Paris. Le titre en latin pourrait se traduire par « plus que l'homme », dans le sens « plus grande que l'homme ». Car Louise Michel est avant tout une féministe engagée dans un siècle où il n'était pas facile pour une femme de s'exprimer, y compris vis-à-vis des soi-disant hommes ouverts aux idées nouvelles et combattant les classes dominantes.

Elle naît le 29 mai 1830 dans le château du village de Vroncourt, édifié au XVII siècle. Il appartenait au seigneur de Baconval qui émigra en 1792. Bien national, il fut acheté par la famille paternelle de Louise. Une famille de noblesse de robe qui acquit ses armoiries en 1698. Sur son acte de naissance, c'est le médecin qui a accouché sa mère Marie-Anne Michel, femme de chambre au château de la famille propriétaire Demahis, qui la déclare à l'état civil. Le maire est Étienne Demahis, avocat au parlement de Paris, certainement le grand-père de Louise Michel. Sur son acte de naissance, il est indiqué : « *nous a déclaré que le 29 mai du mois de mai, la demoiselle Marie Michel, femme de chambre demeurant au château de Vroncourt, a accouché dans ladite maison d'un enfant de sexe féminin et auquel il est donné le prénom de Louise et le nom de Michel* ». Le père est donc inconnu, il semble probable qu'il s'agit du fils des propriétaires Laurent Demahis, qui quitte le château rapidement et se marie en 1839 avec Marie Esmard. Elle est élevée dans la demeure, près de sa mère, nomme les propriétaires, grand-père et grand-mère et parle de leur fils comme étant son père. Elle reçoit une éducation libérale où Voltaire côtoie Rousseau. Elle écrira plus tard : « *Mon enfance, est un mélange de douleur et de joie où des jeunes filles me disaient d'aller voir mon père, en riant et où ma grand-mère me consolait et pleurait avec moi.* » Les blessures de l'enfant sont parfaitement décrites dans ses mémoires : « *Un jour mon père vint me voir, c'était pour se marier avec une autre que ma mère, je demandai à Dieu de lui donner des enfants qui l'aimeraient comme je l'aimais* ». Sa grand-mère étant gravement malade en octobre 1850, elle écrit à Victor Hugo, auquel elle voue une dévotion immense : « *Je trouve sous ma main quelques brouillons, je vous les envoie. Ce sont peut-être les derniers. Si je la perdais, je ne ferais plus rien ou bien cela me ferait mourir. Adieu pardon de cette lettre, je suis folle de douleur, je ne sais que devenir, tout me semble mort, écrivez-moi* ». Il lui répond. Une correspondance va alors s'établir de 1850 à 1880. Elle le rencontrera deux fois en août 1851, quelques mois avant le coup d'État de Louis-Napoléon Bonaparte et son exil, et en septembre 1870, après son retour en France le lendemain de la proclamation de la République.

Après la mort de ses grands-parents, elle hérite d'une petite somme d'argent, mais doit quitter le château avec sa mère. La veuve de son père, décédé quelques années plus tôt, vend la propriété. Elle devient institutrice. Elle s'engage à Paris dans les milieux révolutionnaires, collabore à des journaux, participe à des manifestations et milite pour le droit des femmes. En décembre 1870 arrêtée, Victor Hugo intervient pour la faire libérer. En mars 1871 éclate une révolte contre le gouvernement conservateur de Thiers qui conduira à la Commune de Paris. Fin mai 1871, à la chute du mouvement réprimé par l'armée versaillaise, elle est arrêtée, internée au camp de Satory et condamnée à la déportation. Hugo intervient à plusieurs reprises pour atténuer sa peine. Il écrit alors le poème qui lui est dédié pour la défendre et justifier son action et sa révolte. Il essaye en vain de lui éviter la déportation. De son exil, elle poursuivra sa correspondance en continuant à l'appeler « poète ». Elle signera ses œuvres Enjolras. Pour Victor Hugo, elle est Enjolras, son personnage fictif des *Misérables*, chef d'un groupe révolutionnaire. Le 13 septembre 1870, de retour d'exil, il écrit dans son carnet: « *Vu Enjolras. (L. Michel) h.* ».

Enterrement de Victor Hugo, Paris, le 1er juin 1885.

Je suis dans la foule des anonymes qui suit le corbillard des pauvres de mon *poète*. J'ai mis ce qu'il faut afin de ne pas être reconnue. Je n'y tiens pas.

L'illustration du 6 juin 1885.

Il est mort sans que je veuille le revoir après mon retour de l'île de la Nouvelle-Calédonie, où ils m'ont envoyée en déportation. Revenue en France, je suis allée voir son ami Auguste Vacquerie, il me tenait informée de sa vie. Je lui ai demandé, et il m'a promis de ne jamais révéler mes visites et mes questions. En contrepartie, je lui ai raconté mes années d'enfance et mon admiration à celui « *qui était mon seul rayon de soleil qui brillait dans ma solitude* ».

Je ne lui ai pas tout dit, bien sûr. Surtout ma première rencontre avec lui. Je lui avais écrit du fin fond de mon village de Vroncourt en Haute-Marne. C'était en octobre 1850, je ne me souviens plus du jour exact. J'étais au désespoir. Ma grand-mère était tombée malade, je ne savais pas ce qu'il adviendrait de moi, si jamais la maladie devait l'emporter. Je pensai mourir. Il m'a répondu, m'a soutenu. J'ai puisé alors l'énergie de poursuivre ma vie. Quelques jours après sa réponse, j'ai écrit ma seconde lettre, lui disant qu'elle serait suivie de beaucoup d'autres. Le fauteuil de ma grand-mère était alors vide. Celle que je n'avais jamais quittée depuis les premiers jours de mes souvenirs d'enfant. Bien sûr, ma mère que j'aimais tendrement était aussi à consoler, mais je l'oubliais presque. Ma grand-mère avait été mon institutrice, ma confidente, mon réconfort, mon amie. Nous ne vivions que l'une pour l'autre. Maintenant cela est fini. Mais avec les mots d'Hugo pour me consoler et qui décrivait « *ma belle âme* », je croyais revenir aux soirs où, devant le foyer, je restai avec elle de longues heures. Ces mots m'ont permis d'imaginer qu'il puisse, lui le poète, être là devant le même foyer, ses mains dans les miennes. Mon âme alors brisait mon corps et je communiais avec lui.

Livre 1

Souvenirs d'enfance.

Chapitre 1. Château de Vroncourt, vers 1835.

À Vroncourt on est séparé du monde. Le vent souffle à travers le clocher de l'église et les vieilles tours du château. La demeure de mon enfance est une forteresse, une place forte comme on l'appelle dans le pays. Elle a quatre tours carrées avec des toits en forme de clochers. Toutes sont garnies de meurtrières. Les quelques demeures du village, dont mon grand-père est le maire, sont accoudées au versant de la montagne, entre plaine et forêt. L'hiver, quand la neige est abondante, on entend les loups. Ils viennent la nuit, entrant dans les brèches des vieux murs et les chiens leur répondent.

J'aimais ces nuits-là. La famille lisait tard dans la grande salle, blottie près de la cheminée. C'est peut-être durant ces nuits, devinant la neige tout autour, entendant les hurlements des loups et les souffles du vent, que l'on devenait poète. C'était l'héritage de la famille dès le berceau, et je n'y échappais pas. Tout le monde faisait des vers, mon grand-père pour exprimer la beauté du monde, ma grand-mère pour conter les choses de la vie, ma mère pour décrire ses rêves, ma tante pour exprimer ses frustrations et moi pour tenter de décrire les mille idées des méandres de mes pensées.

Il faisait froid dans ces grandes salles. Près du feu, mon grand-père lisait dans son fauteuil. Il était vêtu de sa houppelande de flanelle blanche, chaussé de ses sabots garnis de peaux de mouton. Moi souvent assise non loin de lui, près des chiens et des chats, à côté du foyer et des bûches, je l'écoutais. Il lisait à haute voix. On avait avec nous une grande chienne d'Espagne, aux longs poils jaunes, deux autres chiens de berger, un chien noir et blanc et une petite chienne qu'on avait nommé la biche à cause de ses grands yeux sombres qui nous regardaient avec tendresse. Quand elle mourut, mon grand-père et moi avions eu du chagrin. Nous l'avions enveloppé d'une nappe blanche pour que la terre ne la touchât pas dans le trou que l'on avait creusé près de l'acacia. Nous avions aussi beaucoup de chattes, des rousses, des tigrés, des blanches, des noires, elles étaient légion. Autour du foyer se trouvaient ma mère, ma tante Agathe et mes grands-mères, Marguerite et Charlotte. Comme elles étaient différentes. Charlotte la mère de mon père lisait tout haut, avec son fin visage, sa coiffe de mousseline, et son chignon arrangé sur le cou. Marguerite tricotait le regard de braise penchée sur son ouvrage, les cheveux courts. Elle incarnait une forme de jeunesse éternelle. Sa fille, ma mère, était une blonde aux yeux bleus. Elle souriait presque toujours, son visage très doux était noyé par ses longs cheveux bouclés. Elle était jolie et certaines de ses amis lui disaient en riant qu'il n'était pas possible que moi, une vilaine petite fille, puisse être son enfant. Elle s'en offusquait toujours, se froissait parfois, méprisait souvent. Il est vrai que j'étais grande pour mon âge, les cheveux hérissés, maigre, sauvage, brûlée par le soleil l'été et la neige l'hiver, rempli de morsures et de déchirures. Cela m'amusait à cet âge que l'on me trouvât laide. Plus tard, cela me blessa de voir le regard des personnes dont les yeux exprimaient la pensée de voir une vilaine grande fille.

J'aimais beaucoup ma tante Agathe, la sœur de mon père. Elle me méprisait et je ne comprenais pas pourquoi. Il y eut des scènes terribles entre ma grand-mère et sa fille. La colère qu'elle avait contre moi était mon enfer. Elle disait à ma grand-mère qu'il ne fallait pas me donner des leçons de musique, je n'étais bonne qu'à tenir une aiguille. Elle était isolée dans la maison, mon grand-père ne voulait plus lui parler. Le pays la méprisait. Elle possédait cette attitude hautaine qui faisait que les gens la détestaient. Moi j'avais une affection passionnée et incompréhensible pour elle. Pourquoi ? Elle possédait ce mélange de bonté et de cruauté qui l'éloignait de tous, sauf de moi qui pleurais devant elle pour me faire pardonner de quelque chose que je n'avais pas fait et pas imaginé.

Mon grand-père était tout à la fois. Grandiose quand il me racontait les luttes épiques de la première République, des bleues contre les blancs qui savaient mourir comme des héros. Ironique comme le maître à penser de sa jeunesse, Voltaire dont il lisait les livres, m'imprégnant dès mon plus jeune âge de cet esprit de révolte de la philosophie des lumières et des combats politiques. Spirituel comme Molière, dont les pièces abreuvaient notre goût de la représentation théâtrale par les saynètes que nous jouions. Grave comme Rousseau qui lui avait diffusé l'idée que l'homme est naturellement bon, mais que seule la société le corrompt. Érudit comme Diderot, quand il voyait à travers les paysages et les dessins des nuages, le passé, le présent et l'avenir de l'humanité. Il m'expliquait toutes les idées contenues dans les livres que nous lisions ensemble. Je pleurais souvent, en proie aux images fantasques du progrès, de l'art et de la science que j'imaginais. Lui me posait sa main sur ma tête ébouriffée en laissant couler de grosses larmes.

Je revois encore les grandes tours de ce vieux château. Dans l'une d'entre elles, j'y avais une magnifique chouette que j'avais appelée Olympe. Dans un des bastions du mur du jardin, il y avait un banc où ma mère et ma grand-mère venaient pendant l'été, après la chaleur du jour. Ma mère avait empli ce coin de jardin de rosiers de toutes sortes. Le jardin était frais dans le soir et les parfums des roses, des chèvrefeuilles et des résédas.

Ma pauvre mère ! Elle eut avec moi bien peu de jours paisibles. Quand elle vint à Montmartre, où j'enseignais à la mort de sa mère, je la laissais seule de longues soirées, toute exaltée par la révolution qui se dessinait. Ensuite, les mois, les années de ma détention et de ma déportation la firent vieillir avant l'âge. Pourtant, je l'aimais et ne serais heureuse que lorsque je l'aurais retrouvée dans la terre où l'on dort.

Ma pauvre mère ! Quand je suis revenue de déportation, mes engagements m'avaient valu une nouvelle condamnation en mars 1883, six ans de prison. Sous la pression de mes amis, ils m'ont autorisée à la rejoindre, elle était mourante. Me sentant à ses côtés, elle a vécu un mois de plus, jusqu'à ce jour de janvier 1885...J'ai été fidèle à mes convictions, à mes combats, à mes idéaux, mais ils m'ont coûté la vie de ma mère. Puisse-t-elle me pardonner !

Chapitre 2. Château de Vroncourt, vers 1837.

Nos jeux d'enfants sont dans ma mémoire, indélébiles. Dans la cour, derrière le puis, mon cousin Jules et moi mettions des tas de fagots de brindilles. Cela nous servait à élever un échafaud, avec des degrés, une plate-forme, deux grands montants de bois, toute une construction ! Nous représentions les époques historiques, et les personnages qui nous plaisaient. Nous avions mis des livres de chevaliers, de brigands ou de héros de la révolution en pièce. Nous montions l'un après l'autre les degrés de notre échafaud où l'on se plaçait en criant : vive la République !

Le public était représenté par ma cousine Mathilde, et quelquefois par la gente emplumée de la basse-cour qui faisait la roue ou picorait et gloussait. Nous cherchions dans les annales des cruautés humaines. Comme nous montions un jour sur notre échafaud en chantant, mon grand-père nous fit observer qu'il valait mieux y monter en silence et faire au sommet l'affirmation du principe pour lequel on mourait. C'est ce que nous fîmes après.

Nos jeux n'étaient pas toujours aussi graves. Il y avait, par exemple, la grande chasse, où les porcs nous servaient de sangliers. Nous allumions des balais pour servir de flambeaux et nous courions avec les chiens au bruit épouvantable de cornes de berger que nous appelions des trompes de chasse, un vieux garde nous avait appris à sonner je ne sais quoi qu'il appelait l'hallali. Il semble que les règles de la vénerie étaient observées dans ces poursuites échevelées qui se terminaient en reconduisant les cochons chez eux. Quelquefois, leur chute dans le trou à l'eau du potager les faisait pousser des cris désespérés jusqu'à ce qu'on les retirât. Ce n'était pas toujours facile. Des hommes avec des cordes s'en chargeaient en criant après nous.

Je revois ces tableaux de vie, passant devant mes yeux, intacts. Je vois aussi, ceux qui ont disparu d'hier ou de longtemps, tels qu'ils étaient avec tout ce qui les entourait dans leur vie, et la blessure de leur absence saigne comme aux premiers jours. Je n'ai pas le mal du pays, mais j'ai le mal des morts.

C'est dans ces années-là qu'un jour mon père vint nous voir au château avec un notaire. Je devais avoir neuf ans. Il voulait se marier avec une autre que ma mère. J'eus l'impression que mon monde s'écroulait, je courus dans ma chambre et je pleurais. *Je priais pour demander à Dieu de lui donner des enfants qui puissent l'aimer autant que je l'aimais[1]*.

Il eut deux enfants, Marie et Étienne. Parfois, il venait avec eux, et moi, leur demi-sœur, je n'osais les embrasser.

[1] Les phrases en italiques sont reproduites au mot près dans les écrits de Louise Michel.

Après quelques années, mon père revint vers moi et me reprit dans ses bras. Les enfants s'attachèrent alors à moi. Il me témoigna lors de ces années, autant de tendresse qu'il avait eue de froideur auparavant. Je vivais alors un bonheur parfait, entouré de ceux que j'aimais. *Mais il est dit que je porte malheur à ceux que j'aime.*

Chapitre 3. Château de Vroncourt, vers 1839.

Je ne sais plus si c'est cette année-là, ou bien plus tard, je revenais de promenade en carriole avec mon grand-père. Il s'arrêta avant d'arriver au village sur le bas-côté de la route pour admirer le château. Un homme passant près de nous, lui adressa la parole.

– Vous voyez ce château ?

– Oui ! Et bien ?

– Il y a un vieux bonhomme qui élève une petite drôlesse, une graine pour le bagne et l'échafaud.

– Ah ! Vraiment ?

– Oui, Monsieur, un de mes amis lui a proposé d'épouser plus tard cette drôlesse à condition que l'on fasse son éducation telle qu'il le souhaitait. Lui, il a de la fortune et aurait pu l'entretenir.

– Et bien ?

– Le vieux bonhomme lui a laissé répondre ce qu'elle a voulu. Elle a dit des choses si horribles que mon ami ne veut pas me les répéter. Si j'avais une fille comme cela, je la ferais mettre en maison de correction. Une petite drôlesse qui n'a pas un sou vaillant ! Eh bien, où allez-vous ?

– Je prends le chemin du château, je suis le vieux bonhomme !

Quelques instants plus tard, mon grand-père me posa la question.

– *Rappelle-moi ce que tu lui as dit !*

Avant de lui répondre, je me remémorai cette visite d'un être ridicule qui avait demandé à mes grands-parents de partager sa vie à une femme élevée suivant ses principes. Il pensait que sa fortune ferait oublier son âge, son ridicule et sa bêtise. On eut dit que cet imbécile avait dormi pendant un ou deux siècles, se réveillant dans une autre époque et nous récitant ces fadaises de mariage arrangé bien à l'avance et avec une enfant. On me laissa répondre moi-même. J'avais justement lu, ce jour-là, avec mon grand-père dans sa vieille édition de Molière, *l'École des femmes*. Le prétendant devant moi, me faisait si bien l'effet du tuteur d'Agnès, Monsieur de la Souche, qui voulait l'épouser pour son ignorance et sa vie recluse, que je trouvai moyen de lui glisser quelques partis de la scène.

– *Le petit chat est mort !*[2]

Son air ahuri me fit comprendre qu'il ne me comprenait pas. Alors je fus plus précise. Je le regardais dans les yeux, et essayant d'imiter la naïveté d'Agnès, je lui répondis, en lui montrant une paire de cornes de cerf sur le mur :

[2] Acte II, scène 5.

– Vous voyez bien ce qui est là au mur Eh bien ! Je ne vous aime pas, je ne vous aimerai jamais, et si je vous épousais je ne me gênerais pas plus que Madame Georges Dandin[3] ! Vous en porteriez cent mille pieds plus hauts que cela sur votre tête !

Il ne revint jamais. Mon grand-père en m'écoutant sur le chemin qui gravissait la pente du château, me dit que la prochaine fois, je devais être plus juste en citant les vieux auteurs.

– Il n'y a pas de trophée de cornes de cerf, montré par Agnès dans la pièce de Molière ! Il faut que tu la relises.

Les livres ont ainsi baigné mon enfance, mon adolescente et m'ont, non seulement instruite, mais aussi construite. Un arrière-grand-père avait acheté une bibliothèque au poids. La Bible côtoyait Homère et Virgile. Puis elle s'étoffa des philosophes, des penseurs, des romans, des poètes et des romantiques. Les drames de Victor Hugo furent mis en scène et jouaient par mon cousin Jules et moi.

Il était le fils de ma tante Agathe et venait tous les étés. Je n'ai jamais connu des enfants aussi sérieux, aussi fous, aussi méchants, aussi doux, aussi paresseux et aussi

---

[3] Georges Dandin ou le mari confondu, comédie-ballet de 1868. Le sujet est celui d'un riche Paysan qui se marie à la fille d'un Gentilhomme de campagne et qui ne reçoit que du mépris de sa femme qui le trompe.

travailleurs que mon cousin et moi. Avec le recul, je suis étonné des questions que nous nous posions. Parfois perchés sur un arbre, parfois en pleine répétition d'une pièce, nous arrêtions pour discuter. Un jour nous répondant d'un arbre à un autre, je lui avouais mon amour et mon adoration pour le *poète*. Il me répondit qu'il avait envoyé une déclaration à une femme écrivaine célèbre, George Sand. Un autre jour alors que nous discutions sur l'égalité des sexes, il me déclara que si je réussissais à lire les livres qu'il avait emportés pour les vacances, alors je serais *une anomalie*.

Comme je lus rapidement *l'Histoire universelle* de Bossuet et *l'Histoire générale du monde* qu'il avait emporté, j'étais une anomalie.

Chapitre 4. Château de Vroncourt, vers 1840.

Des souvenirs heureux qui me restent de mon enfance, il y a celui des soirs où l'on jouait de la musique. Toute la famille jouait un ou plusieurs instruments, la musique faisait partie de notre vie. Moi, j'avais appris avec un luth, un horrible instrument que j'avais fait moi-même avec une planchette de sapin et de vieilles cordes de guitare. C'est de cet instrument barbare dont je parlais pompeusement à Victor Hugo, dans les vers que je lui adressais.

Dans les connaissances de mes grands-parents, il y avait deux Laumont. Laumont le petit, instituteur à Ozières et Laumont le grand, médecin à Bourmont, qui venaient souvent à la maison. Ils étaient tous deux parents. Le grand venait chez nous tous les mardis sur un grand cheval. Il avait souvent sa flûte avec lui, ma grand-mère et moi nous nous mettions au piano, mon grand-père prenait sa contrebasse. Nous jouions jusque tard dans la nuit. Ce qui ne m'empêchait pas d'aller donner de l'avoine à son cheval, ce qui au fil des années lui changea son allure. Un jour il me traita de *petit monstre*. J'en fus si malheureuse que j'allais pleurer au fin fond de la cave. Ma grand-mère prise de pitié vint me trouver et m'avoua que Laumont le grand voulait simplement me donner une petite leçon pour avoir donné trop à manger à son cheval.

Laumont le petit avait appris à lire à tout le canton, et aux membres de la famille aussi. Il était aussi intelligent qu'étrange. Il me demanda un jour pourquoi, je ne faisais pas de roman. J'entrepris alors une histoire que j'intitulais, *Les méchancetés d'Hélène.* C'était le récit de mes propres malices et mauvais tours et la fin se terminait par une punition exemplaire pour *Hélène.* Parmi les bêtises faites par elle, je racontais le vol chez un instituteur d'un livre. Il lut l'histoire, vint me voir dans ma chambre et me dit :

– Ah ! Petit monstre, je m'en doutais bien que c'était vous qui aviez pris mon livre ! Gardez-le, petit mauvais sujet !

Ces hommes étaient remarquables. Tout comme l'instituteur de Vroncourt.

L'école était une petite maison assez sombre et triste et n'ayant que deux pièces. La plus grande qui servait de salle de classe donnait sur la rue. La seconde servait de logement à l'instituteur. Devant la fenêtre de la classe, sa femme travaillait à des travaux de couture. Elle enseignait le catéchisme et ma tante Victoire, la sœur de ma mère, une dévote très pieuse s'asseyait près de moi, pour vérifier si j'avais bien appris et bien compris l'enseignement religieux que l'on me dispensait.

Un mot sur cette tante Victoire. Des missionnaires qui avaient prêché dans la région durant sa jeunesse lui avaient laissé en héritage un fanatisme religieux qui aurait dû la conduire au couvent, au noviciat et aux vœux. Mais sa santé fragile ne lui permit pas de poursuivre son séjour chez les sœurs converses de Langres, les périodes de jeûnes eurent raison de sa vocation. Elle habita donc chez nous et je me souviens avec nostalgie des discussions effrénées entre mes grands-parents voltairiens et cette missionnaire exaltée, essayant par tous les moyens de convertir ces pauvres êtres perdus. Je crois qu'elle m'entraînât quelque peu vers un mysticisme dévot durant ces années. *J'avais l'impression d'être l'aiguille d'une boussole détraquée cherchant le nord de la révolution de mon grand-père face aux aimants des mystères cachés et des choses sacrées de la religion catholique.*

Pour en revenir à cette école, je me souviens des tables rangées et alignées, petites pour les tout-petits, plus grandes pour les autres. J'avais remarqué que le maître avait une façon bien à lui d'enseigner. Quand il posait une question ou énoncé un problème, il suscitait la réponse. Il nous mettait le nez, plus exactement le cerveau dessus. De sa baguette qui montrait les chiffres de l'opération de calcul, je pensais entrevoir la réponse. Il avait le don et la magie du nombre et s'en servait comme d'un illusionniste qui tout en présentant son numéro, vous laissait deviner son tour de passe-passe.

En racontant cela à mon grand-père, il lui prit l'envie de venir voir le maître et d'en discuter avec lui. En les écoutant, je perçus la réalité. L'instituteur avait le génie de savoir enseigner et de donner aux autres l'envie d'apprendre. Il était aussi savant, astronome, et poète. Mon grand-père lui demanda pourquoi il n'écrivait pas sur son savoir. Il eut un sourire désabusé et triste que je ne compris que bien plus tard. Les livres vous enseignent souvent que le mérite et la vertu sont toujours récompensés, mais c'est dans les livres. J'ai plus tard retrouvé cette simplicité et cette modestie de ce maître d'école chez bien des gens de mérite. Pour beaucoup, ils laissaient aux soi-disant savants biens nés, les mérites de parler de leur savoir.

Je pense que mon désir de devenir institutrice à une époque où le mot même n'existait pas[4] date de cette période. C'est aussi bien plus tard que ces souvenirs me permirent de concevoir un enseignement basé sur une méthode d'ouverture aux sciences la plus large possible. L'horizon alors s'élargit. On ne restreint ni la pensée, ni la curiosité, ni la volonté de poursuivre toute sa vie son apprentissage. C'est le prix de sa liberté.

---

[4] Autorisé par la loi Falloux en 1850, on parle alors de « sous-maîtresses » pour les femmes qui enseignent aux enfants.

Chapitre 5. Château de Vroncourt, vers 1842.

C'est du plus loin de mon enfance que me sont venus l'amour des animaux et l'horreur des tortures qu'on leur inflige. C'est de cette révolte que m'est peut-être venue celle contre les forts et les puissants.

J'aurais voulu que l'animal se vengeât, que le chien mordît celui qui l'assommait de coups, que le cheval saignant sous le fouet, renversât son bourreau. Mais toujours la bête muette subissait son sort avec la résignation des animaux qui souffrent et ne peuvent ou ne veulent pas réagir. Depuis la grenouille, que les paysans coupent en deux, cherchant à s'enfouir sous la terre, de l'oie dont on cloue les pattes, jusqu'au cheval qu'on épuise ou que l'on fait tuer par les cornes des taureaux, la bête subit le supplice infligé par l'homme. Des cruautés que l'on voit dans les campagnes sur les animaux et de l'aspect horrible de leur condition, date ma pitié pour eux, mon amour de ces êtres sans défense et ma colère contre leurs tortionnaires. Cela ne finira-t-il jamais ?

Les paysans ont la triste coutume de donner de petits animaux pour jouets à leurs enfants. On voit sur le seuil des portes, au printemps, au milieu des foins ou des blés coupés en été, de pauvres petits oiseaux ouvrant le bec à des mioches de deux ou trois ans qui y fourrent innocemment de la terre. Ils suspendent l'oiselet par une patte pour le faire voler, regardent s'agiter ses petites ailes sans plumes. D'autres fois ce sont de jeunes chiens, de jeunes chats que l'enfant traîne comme des voitures, sur les cailloux ou dans les ruisseaux. Quand la bête mord, le père l'écrase sous son sabot. Ces paysans sont pourtant eux-mêmes assujettis à un travail de labeur et à la misère, mais ils ne comprennent pas que tout va ensemble.

Ceux qui ont le pouvoir et la force agissent de la même façon avec eux et il ne leur vient pas à l'esprit qu'ils sont les animaux maltraités d'autres tortionnaires. C'est un tout depuis l'oiseau dont on écrase la couvée jusqu'aux nids humains dont on écrase les petits. La bête crève de faim dans son trou, l'homme meurt de faim dans sa masure.

Le cœur des animaux est comme le cœur humain, son cerveau est comme le cerveau humain, susceptible de sentir et de comprendre. L'animal est sensible aux caresses ou aux brutalités. Elle n'a, le plus souvent, que les brutalités.

Cet amour me vint avec les animaux que je côtoyais à longueur de journée. L'été, le château s'emplissait d'oiseaux, entrant par les fenêtres. Les hirondelles venaient reprendre leurs nids. Les moineaux frappaient aux vitres et des alouettes s'égosillaient avec nos chants. Oiseaux, chiens, chats ne furent pas les seuls, il y eut des perdrix, une tortue, un chevreuil, des sangliers, un loup, des chouettes, des chauves-souris, des nichées de lièvres orphelins, élevés à la cuillère. Toute une ménagerie, sans oublier le poulain, Zéphir et le cheval Brouska. Ils entraient de plain-pied dans les salles pour prendre du pain ou du sucre dans les mains de la famille. Il y avait aussi une vieille Biche qui avait une habitude assez drôle. Si je tenais un bouquet, elle le mangeait et me passait sa langue sur le visage pour me remercier. *Avec les vaches, la grande blanche Bioné, les deux jeunes Bella et Néra, j'allais causer dans l'étable*, et elles me répondaient à leur manière en me regardant de leurs yeux rêveurs et en poussant quelques meuglements que je pensais être différent si elles étaient d'accord ou non avec mes discours.

Toutes ces bêtes vivaient en bonne intelligence. Les chats couchés en rond suivaient négligemment du regard les oiseaux, les perdrix, les cailles qui trottinaient à terre. Derrière une tapisserie verte, toute trouée, qui couvrait les murs circulaient des souris, avec de petits cris, rapides, mais non effrayés. Jamais je ne vis un chat se déranger pour les troubler dans leurs pérégrinations. Du reste les souris se conduisaient parfaitement, ne rongeant jamais ni les cahiers ni les livres, n'ayant jamais mis la dent aux violons, guitares, violoncelles qui traînaient un peu partout.

Quelle paix dans cette demeure et dans ma vie à cette époque !

Mon rôle de don Quichotte des animaux valut à mon grand-père bien des lettres. Il est vrai que ma vengeance pouvait être terrible quand je voyais ces tortionnaires petits ou grands agir avec cruauté sur leurs animaux. On promettait de venir me corriger vertement, puisque lui ne le faisait pas, mais jamais on ne vint.

Chapitre 6. Château de Vroncourt, vers 1843.

Les contes et les légendes de mon pays de la Haute-Marne m'ont accompagné tout au long de la jeunesse.

Mes premiers souvenirs de ces légendes me furent contés lors de *l'écrégne*. Dans les villages du pays, c'est la demeure où les soirs d'hivers, les femmes et les jeunes filles viennent filer, tricoter, mais aussi écouter les vieilles histoires qui au fil des récits se transforment en légendes que l'on se raconte. J'accompagnais ma mère. Certaines conteuses savaient si bien charmer que la soirée se terminait bien tard dans la nuit. Et en rentrant dans notre château, toutes les deux un peu tremblantes, sous le charme du récit, nous parlions un peu fort pour nous rassurer.

C'est à partir de cette époque que je me mis à écrire de la prose pas toujours réaliste, j'avais une imagination débordante. M'en tenir au réel m'ennuyait et il fallait que je trouve du plaisir dans l'écriture. Alors je me mis à construire mes premiers écrits, et dont certains plus tard, parurent dans l'*Écho de la Haute-Marne*, des faits les plus imaginaires et débridés que je pouvais inventer. Cela était plongé dans l'utopie la plus complète, peu importe qu'il s'agisse d'une poésie, d'une pièce ou d'une nouvelle. Il fallait que cela soit le plus lyrique possible, le plus surprenant imaginé. J'inventais un univers imaginaire dont moi seule, pouvais comprendre le sens, les entrées et les détours les plus insolites[5]. Certains me dirent que c'était des élucubrations. Certes, c'était ! Mais la magie des mots, la beauté des sons, la lumière des phrases me permettaient de créer des situations, des mondes, des univers, où se côtoyaient le poète et la barde, le conteur et le philosophe, le troubadour et le savant, l'écrivain et le journaliste, l'historien et le romancier. Je proposais dans mes pages d'écriture non seulement le monde tel qu'il était, mais j'esquissais le monde tel que je le voulais.

J'avais peur alors de ne pas avoir le temps de tout dire, de tout écrire, de tout décrire, de tout conter. Il fallait que j'écrive le plus vite possible. Au fil des années, j'avais l'impression d'avoir plusieurs porte-plume qui suivaient leurs courses, les courbes, leurs détours et leurs arabesques sur le papier. Ils s'animaient devant moi, ils vivaient. Parfois, je me sentais dédoublé, ma main n'écrivait plus ce que je pensais, mais ce que l'on me dictait dans un inconscient plus ou moins réel, fait de mille choses de ma vie et de mes espoirs.

C'est cela aussi qui me permettait de coucher des vers sans aucune difficulté, sans avoir réfléchi, peu importe

[5] On peut en la lisant, parler de récits de science-fiction avant la lettre.

qu'ils plaisent ou non, c'était mon monde inventé qui me permettrait de faire un lien avec l'infini. C'était une partie de ma vie, de mon imaginaire, de mes rêves et de mes espoirs.

Chapitre 7. Château de Vroncourt, vers 1844.

De mes soirées à l'*écrégne* du village, date un sentiment de révolte qui ne m'a plus quittée. Je pouvais observer les femmes, écouter les légendes qu'elles racontaient, mais aussi entendre les misères qu'elles décrivaient.

Une vieille femme racontait souvent comment avec ses quatre enfants et son mari, ils ne purent plus manger tous les jours lors d'une année terrible de disette. Ils ne possédaient plus rien, mis à part les quelques vêtements qu'ils portaient, et deux de leurs enfants étaient morts de faim. On ne pouvait plus leur faire crédit, et elle poursuivait en disant qu'il fallait bien se résigner, « *on ne pouvait pas manger du pain tous les jours* ». Elle avait empêché son mari de se battre avec son patron qui ne le payait presque pas et qui avait refusé un crédit sauf s'il lui remboursait le double sur son salaire dans un an, alors que les enfants se mouraient. C'était aussi un usurier et qui exploitaient ses ouvriers « *mais il fallait bien que les pauvres gens subissent ce qu'ils ne peuvent empêcher* ».

Elle disait cela d'un air calme et résigné, alors que le regard plein de colère, je lui répondais qu'il aurait fallu laisser faire son mari. Je m'imaginais les pauvres petits mourant de faim. Je voyais le mari, avec sa blouse déchirée et ses pieds nus dans ses sabots, aller supplier le patron et usurier et revenir sans rien. Je le voyais, menaçant, quand les petits furent étendus froids et sa femme l'arrêtant lui qui voulait venger les siens. Je voyais les deux autres enfants, grandissant avec ce souvenir et s'en aller travailler chez le même homme plus tard, subissant le même despotisme et la même misère. Je m'indignais devant toutes de ce qu'elles croyaient que « *tout le monde ne pouvait avoir de pain tous les jours* ». Une stupidité de troupeau qui m'effarait et me montait l'état de sujétion dans laquelle leur misère les plongeait.

De par cette révolte, je me mis à voler, et sans remords, l'argent que je trouvais et jusqu'aux fruits et légumes que je pouvais dans la demeure familiale. Je donnais tout cela au nom de mes grands-parents, ce qui faisait des scènes cocasses, quand certaines personnes s'avisaient de les remercier. C'est ainsi que mon grand-père, loin de me réprimander, me proposa de me donner vingt sous par semaine si je ne volais plus, mais je trouvais que j'y perdais.

J'avais limé des clefs pour ouvrir l'armoire aux poires et autres confitures, dans laquelle je laissais de petits billets en place de ce que j'avais pris. Il y avait par exemple ceci : *vous avez la serrure, mais j'ai la clef*. Cependant les terres de la famille rapportaient si peu que nous n'arrivions pas à joindre les deux bouts. Notre misère n'était pas trop éloignée des autres, mais notre cohésion et les quelques biens que nous avions nous permettaient de vivre et de manger à notre faim, ce qui n'était pas le cas de la plupart des gens du village. Je sentis alors que je ne pouvais pas seulement aider les autres par de la charité pour que chacun ait du pain, et qu'il fallait faire autre chose. Les riches, ceux qui possédaient tout et se gardaient bien de partager, j'avoue que je les respectais peu.

Alors, l'idée du communisme me vint à la pensée, organiser une société sans classe et sans état où l'on pourrait partager les richesses pour que chacun puisse vivre sans avoir faim.

J'avais lu Gracchus Babeuf[6] qui pensait que la terre n'était à personne. Il fallait la jouissance communale des fruits de la terre, car ils étaient à tout le monde[7] . J'avais lu Platon qui décrivait parfaitement la justice qui devait se mettre en place dans la cité où l'individu avait sa place et où la recherche du pouvoir par des personnes conduisait à la tyrannie[8]. J'avais lu Étienne Caret qui prônait la juste répartition des richesses, indiquant que l'inégalité de ceux-

[6] Révolutionnaire français, guillotiné en 1797, après avoir fomenté la « conjuration des égaux » pour renverser le directoire.
[7] Manifeste des égaux.
[8] « La République », dialogue de Platon datant de 315 av. J.-C..

ci et de la propriété enfantait l'opulence pour certains, la misère pour d'autres avec son lot de catastrophes[9].

La propriété, c'est le vol[10], j'avais fait mienne cette devise.

---

[9] Comment je suis communiste, Étienne Caret, 1840.
[10] Proudhon, « Qu'est-ce que la propriété », 1840.

Chapitre 8. Château de Vroncourt, vers 1845.

De cette époque aussi date mon combat pour l'égalité des sexes, car si elle était reconnue, ce serait une fameuse brèche dans la bêtise humaine. Je savais et voyais que si l'homme régnait, menant grand tapage, c'est la femme qui gouvernait à petit bruit. Mais tout ce qu'elle faisait dans l'ombre ne valait rien. L'égalité permettrait qu'il n'y ait plus ni la brutalité du maître ni la perfidie de l'esclave. Ce culte de la force nous renvoyait au temps des cavernes et chez les premiers peuples du monde. Est-ce que la vanité bête de la force ne reposait pas sur l'argument que l'infériorité des femmes soit due à la maternité ou à d'autres circonstances qui les gêneraient pour combattre ?

Quand les femmes pensent que cela vaut la peine de se battre, elles ne sont pas les dernières. Le vieux levain de révolte qui est au fond du cœur fermente vite quand le combat ouvre des routes plus larges et où cela sent moins la crasse des bêtises humaines. Un peu moqueuses aussi, elles saisissent vite ce qu'il y a d'épatant à voir des jeunes ou vieux drôles, crétinisés par leur éducation, soupeser dans leurs pattes et leurs pensées l'intelligence des femmes, comme s'ils sentaient monter la marée de ces affamées du savoir. Elles ne demandent que cela, comprendre, apprendre, participer, collaborer, contribuer, coopérer, s'impliquer et s'engager. Mais, ils sont jaloux, ces hommes qui ne veulent rien changer et ne veulent pas comprendre la volonté de toutes ces femmes qui bouleverse l'ordre et l'injustice du vieux monde. Soyez tranquilles, il y en a encore pour longtemps. Mais ils ne pourront arrêter le raz de marée de ces idées d'égalité des sexes de flotter, pareilles à des bannières, devant les foules.

Jamais je n'ai compris qu'il y eût un sexe pour lequel on cherchât à atrophier l'intelligence comme s'il y en avait trop. Les filles, élevées dans la niaiserie, sont désarmées pour être mieux trompées. C'est cela qu'on veut, sous prétexte de conserver l'innocence d'une jeune fille, on la laisse rêver, dans une ignorance profonde, à des choses qui ne lui feraient nulle impression, si elles lui étaient connues par de simples questions de botanique ou d'histoire naturelle. Il faut supprimer les marchés, où l'on vend dans la rue, aux étalages des trottoirs, les belles filles du peuple, et les maisons, où les familles de riches vendent leurs filles à des vieux séniles qui sont attirés autant par la jeunesse que par la dot.

Pourquoi tant de femmes ne travaillent-elles pas ? Il y a deux raisons, les unes ne trouvent pas de travail et les autres aiment mieux crever de faim, dans un trou si elles peuvent ou au coin d'une borne ou d'une route si elles n'ont plus d'abri. Car pourquoi faire un travail qui leur rapporte tout juste de quoi survivre ? Et puis, il y en a qui tiennent à la vie. Alors, poussées par la faim, le froid et la misère, attirées par les drôles ou drôlesses qui vivent de ça, les malheureuses se laissent embrigader dans l'armée lugubre qui les entraîne des lits de la prostitution aux paillasses de la morgue.

Partout, l'homme souffre dans cette société maudite, mais nulle douleur n'est comparable à celle de la femme. Dans la rue, elle est une marchandise. Dans les couvents, où elle se cache comme dans une tombe, l'ignorance l'étreint, broyant son cœur et son cerveau. Dans le monde, elle ploie sous le dégoût. Dans l'enfance, l'ignorance la déconsidère. Dans son ménage, le fardeau l'écrase. Dans la vieillesse, l'oubli la dessèche. Ce qu'elles veulent, c'est la science et la liberté. *Mes peines et mes douleurs devenaient immenses avec l'apprentissage de la vie où je percevais jour après jour la misère, l'ignorance, la bêtise, et la cupidité.* Il était dit que ma vie d'enfant puis d'adolescent, d'adulte et maintenant de personne âgée se terminerait dans les chagrins de plus en plus intenses au fur et à mesure des années.

Pour en revenir à mon adolescence, mon grand-père se mourrait. Et une nuit d'hiver de cette année, il s'éteignit. Le vent pleurait, les loups hurlaient au-dehors et les chiens se lamentaient au-dedans. On n'avait pas demandé de prêtre, il était de l'école de Voltaire. Même en doute le plus profond, je priais Dieu pour sauver son âme et pourtant, je ne croyais ni au paradis ni à l'enfer. Après sa mort, ma tante Adèle revint à la maison, elle m'aima alors comme moi je l'aimais. Cela dura quelques mois, puis elle mourut aussi peu de temps après. Puis ma grand-mère avec qui je partageais tout et qui m'avait tout appris. *J'avais l'impression que je portais malheur à tous les êtres que j'aimais. Je pensais alors qu'il s'agissait d'une malédiction qui me frappait. Je ne pensais cependant pas qu'elle me poursuivrait toute ma vie.*

Chapitre 9. Chaumont, vers 1851.

Après la mort de mes grands-parents, je dus quitter cette demeure, celle de mon enfance et de mes souvenirs. Ainsi je perdais non seulement ces êtres chers qui m'avaient tant donné, mais aussi les endroits, les lieux, les objets qu'ils avaient aimés, touchés, et balayés de leurs regards. Mon grand-père m'avait laissé un peu d'argent comme s'il pressentait que ma belle-mère m'aurait mis à la porte de cette demeure et m'aurait fait sentir profondément la honte de ma naissance. *Avant dans le pays, on m'appelait Mademoiselle, maintenant j'étais devenu « La Louise ».* Il avait aussi choisi comme tuteur un brave juge de paix du canton, Monsieur Voiron, qui essaya d'intervenir pour que ma mère et moi ne soyons pas chassées de notre demeure familiale et qu'elle eut un peu plus de considération pour ce que nous étions, c'est-à-dire des membres d'une même famille. Peine perdue ! Ma belle-mère me signifia aussi, par voie de justice, le déni de porter le nom de mon père Demahis. J'avais signé de ce nom, un recueil de vers qui avait été publié dans le journal local. Je dus prendre le nom de naissance de ma mère Michel, mais cela, j'en étais fière. Certes j'étais devenue une « bâtarde », mais cela renforça mon caractère et ma volonté de me battre pour vivre.

L'amour immense qui me restait se porta sur ma mère, et je devais trouver un travail pour nous vivre. C'est à ce moment-là que je pris la décision de devenir institutrice.

Dans la ville de Chaumont, des dames organisaient des cours pour passer le brevet d'institutrice, Mesdames Beths et Royer. Avec ma mère, on s'installa dans la ville et je suivis les cours afin de préparer cet examen. Cela me parut difficile et contre ma nature. Apprendre tout un amas de connaissances le plus rapidement possible sans devoir faire appel à son intelligence pour les ressortir dans un fatras immonde le jour de l'épreuve me sembla idiot et ennemi à la culture et au bon sens de l'apprentissage. Mon grand-père eut été horrifié et mon instituteur de Vroncourt aurait souri de cet enseignement. Je devais faire un effort immense pour ne pas approfondir un mot, une entité, un domaine, une date, un fait, un personnage, un concept, une science, un savoir, afin de pouvoir arriver à la source même de celui-ci. Je devais freiner mon envie et mon désir de poursuivre sur les chemins de la connaissance. J'avais l'impression tout en essayant d'appendre quantité de choses que je ne savais rien. La présence de ma mère me permit de poursuivre, le souvenir de mon grand-père me permit de ne pas me rebeller, l'image de ma grand-mère m'incita à passer les examens au jour prévu pour le canton. Reçue et pour ne pas m'éloigner de mes racines, j'acceptais un poste dans le département, ce fut à Audeloncourt, non loin de Vroncourt. Pourtant j'aurais aimé partir enseigner à Paris et poursuivre des études.

Je dirigeais maintenant une école libre dans cette ville. École libre, car pour devenir une institutrice communale, j'aurai dû prêter un serment à l'Empire et à son Empereur. Jamais ! Le coup d'État du 2 décembre 1851 avait bafoué la République et envoyé mon poète en exil. Indignée, je faisais chanter la Marseillaise à mes élèves tous les jours. Outragée, je faisais sortir mes élèves de la messe le dimanche quand le prêtre faisait entonner le chant religieux « Domine salvum Napoleonem[11] ». Je ne voulais pas cautionner un sacrilège. Je fus convoqué à maintes reprises par l'inspecteur de l'enseignement libre qui m'écoutait avec bienveillance, me semble-t-il, exposer mes idées et mes rêves sur l'avenir de l'humanité. C'était pour moi une distraction que de me rendre dans la grande ville de Chaumont où je revoyais mes anciennes institutrices et mes compagnes de classe. Je pouvais parcourir les rues, entrer chez les libraires et acheter à profusion tous les livres que je ne connaissais pas. J'y laissais à chaque fois, mon maigre salaire. Je dois dire que toutes mes dettes furent soit pour acheter des livres, soit pour aider plus pauvre. Malgré mon

---

[11] Dieu sauve Napoléon

âge d'adulte, je continuais mes jeux d'enfants, avec parfois mes anciennes amies d'enfance, à pourfendre les bourgeois, ennemis de la République. Jeux tout aussi innocents que de dessiner à la craie des têtes d'ânes sur leurs portes de demeures. Un jour, pensant que j'offensais grandement ces pauvres bêtes en les comparant à ces humains ridicules, je cessais ce petit jeu.

Plus grave pour le pouvoir fut ma correspondance que je poursuivais avec mon poète par-delà son exil. Cela me rendait suspecte aux yeux de l'Empire. Plus grave encore fut le pamphlet que je publiais dans un journal de Chaumont. Il le fut, car tout en essayant de dissimuler mes attaques sur la personne du tout-puissant Louis Napoléon. Il commençait de la façon suivante : « *Domitien[12] régnait sur Rome, il en avait banni tous les philosophes et les savants. Il avait augmenté la solde des Prétoriens de sa garde et rétabli les jeux cruels...* » Je fus convoquée par le préfet qui me dit derechef que j'avais insulté Sa Majesté l'Empereur. Il était en droit de m'envoyer à Cayenne, au bagne. Je lui répondant que ceux qui voyaient dans mon portait de Domitien, l'image de Napoléon l'insultait encore plus gravement. S'il voulait m'envoyer à Cayenne, eh bien je ferai bien le voyage aux conditions qu'il me fut payé et que

---

[12] Empereur romain décrit comme tyran, cruel et fou.

je puisse ouvrir une maison d'éducation pour les enfants défavorisés. Tout en m'insultant et désarmé par mes propos, il me renvoya à mes cours. Je m'ennuyais dans le petit bourg d'Audeloncourt. Je me sentais toujours attiré par la lumière, par la science, par les idées, par le bruit, par Paris.

Enfin, je réussis à trouver, grâce aux nombreuses demandes envoyées, une place de sous-maîtresse dans l'institution de Madame Vollier. Elle dirigeait une école de jeunes filles au 14 rue du Château d'eau à Paris. Ma mère m'encouragea à partir, elle restait dans le village avec sa mère pour s'en occuper et non loin de toute la famille.

Chapitre 10. Paris, vers 1856.

Enfin Paris ! J'y étais venue, une seule fois, cinq ans plus tôt pour voir mon poète. Cette rencontre ne s'était pas passée comme je le souhaitais. *Mais peut-on reprocher à un poète d'être parfois un homme* ?

Le Paris de ces années d'Empire ne correspondait plus aux images que je m'étais faites par les descriptions dans les livres, des révolutions de 1830, de 1848 et de 1851. Les petites rues étroites qui avaient vu s'ériger les barricades avaient cédé la place aux grandes avenues où l'on avait construit des hôtels et des demeures somptueuses. Cela avait été le cas pour cette rue du Château d'Eau. On avait percé deux avenues à proximité et on avait construit tout près la nouvelle mairie de l'arrondissement[13] et une caserne de pompiers. Les loyers étaient maintenant chers.

Mais quel bouillonnement ! La science amenait des transformations importantes. Les voyages, grâce au chemin de fer, aux nouvelles routes et aux ouvrages d'art qui les jalonnaient, permettaient de transporter les personnes et les marchandises d'un bout à l'autre du pays avec beaucoup plus de facilité qu'avant. La ville en bénéficiait. L'industrie se développait. Les fils de paysans quittaient la terre pour

[13] Il s'agit des boulevards Magenta et Saint-Martin et de la mairie du X[ième.] Arrondissement.

travailler dans les villes. Les bourgeois, les riches profitaient de cet argent brassé, du développement du crédit et de la bourse pour accroître leurs fortunes. Mais les salaires ne permettaient toujours pas aux pauvres de vivre correctement de leur travail et de manger à leur faim. La famine dans les campagnes était remplacée par la famine dans les villes.

Les lettres de ma mère me permettaient de comprendre que la famille lui répétait sans cesse que sa fille ne gagnerait rien dans l'enseignement et qu'elle toucherait un salaire plus élevé à être bonne ou servante dans une famille aisée du département. Non, cent fois non ! Je savais que je gagnais moins en enseignant, mais au moins j'étais libre et je ne dépendais pas du bon vouloir du maître de la maison suffisant et vaniteux et de sa bourgeoise inculte et ridicule.

Maman m'envoyait un peu l'argent qui passait, je l'avoue maintenant avec honte, dans l'achat de livres et de partitions de musique. Malgré le peu d'argent que nous avions, Madame Vollier la responsable de l'institut, voulait que Juliette, l'autre sous-maîtresse avec qui je m'étais liée d'une amitié solide, et moi soyons coquettes. Elle nous achetait sur ses maigres revenus des chapeaux, des robes et des mantelets[14] qui nous permettaient de sortir sans trop de

---

[14] Vêtements courts couvrant les épaules et qui se portent par-dessus une robe.

honte. Madame Vollier était devenue une maman de substitution pour nous. Notre maigre salaire nous obligeait à donner des cours du soir. Les rentrées d'argent de cette école couvraient à peine le peu de dépenses que nous faisions, aussi nous prîmes la décision de nous associer toutes les trois. J'envoyais l'acte à ma mère ce qui la tranquillisa et fit cesser les ridicules commentaires de la famille sur un mariage indispensable pour me m'être à l'abri du besoin. À l'abri du besoin peut-être, mais dans une prison, certainement ! *Je voyais bien dans ce Paris du capital et de l'argent que la « grisette[15] », petite ouvrière sentimentale côtoyait la « lorette[16] », prostituée de luxe.* Toutes les deux avaient en commun ce goût du plaisir, de la mode, des vêtements, des toilettes et du plaisir avec cependant des moyens pécuniers différents. Aucune différence avec elles et les autres courtisanes des bonnes familles bourgeoises ou nobiliaires qui se mariaient pour mieux se prostituaient à leurs seigneurs et maîtres. Je percevais bien que ce goût du luxe et de la parure entraînait

---

[15] Dans les maisons d'apprentissage du textile, les servantes étaient habillées de gris, d'où le mot qui désignait également les jolies filles pauvres du textile et séduites par les bourgeois.
[16] Mot décrivant au XIX ième siècle la courtisane de luxe apparue sous la monarchie de juillet et dont le nom provient de l'endroit où elles habitaient pour la plupart dans des demeures luxueuses, près de l'église Notre-Dame de Lorette, dans le 9 arrondissements.

la corruption et la prostitution dans toutes les couches de la société parisienne.

Moi, je me débattais avec mes maigres ressources et il me fallait beaucoup d'habilités et un peu d'astuce pour vivre décemment. Pour paraphraser un écrivain contemporain[17], si certaines femmes avaient souvent un problème de géométrie morale pour savoir où mettre sur la prochaine robe de bal, la ligne mathématique leur permettant d'être nue sans cesser d'être habillée, moi j'avais un problème de géométrie financière pour savoir où mettre le peu d'argent gagné pour mes prochaines dépenses, me permettant de vivre sans cesser d'apprendre. J'arrivais à m'habiller à peu de frais en rachetant mes habits à des revendeuses. Je faisais des économies sur la nourriture. Je continuais à donner les leçons du soir. Je prenais les heures indispensables à me cultiver, à étancher ma soif inépuisable d'apprendre sur mes heures de sommeil. Mais j'étais robuste. J'avais pris la décision de poursuivre des études supérieures de mathématique. L'algèbre continuait de me fasciner, je voyais les chiffres et les formules dansaient devant mes yeux. Je suivais aussi des cours de physique, de chimie, d'histoires naturelles, tout en continuant à écrire mes poésies, mes nouvelles, mes romans, mes pièces de

---

[17] Eugène Pelletan : « La Babylone moderne », 1862.

théâtre et mes opéras. Je fréquentais assidûment la rue Hautefeuille[18], rue de toutes les sociétés savantes et républicaines de l'époque. Parfois, je donnais quelques conférences sur la littérature ancienne. C'est dans ces endroits et ces clubs du savoir que je fis la connaissance des républicains de l'époque, Jules Favre, Eugène Pelletan, Jules Simon.

Dans ce Quartier latin, je fis aussi la rencontre des adeptes de Blanqui et de mes futurs compagnons de la commune, Jules Vallès, Eugène Varlin, Raoul Rigault, Émile Eudes et tant d'autres. Ce fut un peu plus tard et dans le quartier de Montmartre que je fis la connaissance de mon amour Théophile Ferré et de sa sœur Marie.

Mais mes moments de joies et de détente étaient aussi très simples et me ramenaient à mes années de jeunesse. Je m'amusais avec les plus grandes filles de notre institution. Nous fabriquions des pièces de théâtre que nous jouions aux plus petites. Je les revois toutes, je me souviens de leurs prénoms, je me remémore leurs visages. J'étais resté une enfant dans mon cœur et mon âme tout en me formant aux concepts politiques et sociaux qui me guideront par la suite, Il faut avouer que le terrain était préparé, le terreau présent, les graines n'eurent aucune difficulté à germer et à fleurir.

[18] Située près du boulevard Saint-Germain.

Je collaborais à divers journaux et revues, j'écrivais quantité de livres. Ce fut à cette époque que je signais certains de mes poèmes du nom d'Enjolras. J'avais lu avec ferveur le roman magnifique de mon poète, « Les Misérables » et dans son troisième tome, « Marius », le nom d'emprunt du jeune héros m'avait séduite, je l'avais adopté. Il est vrai que j'avais plus de facilité pour être publiée sous ce nom ou sur celui de Louis Michel[19] que lorsque j'envoyais mon manuscrit sous mon vrai nom.

Ma mère vint me voir à Paris à plusieurs reprises, toujours curieuse de ma vie et de mon bonheur. Mais j'arrivais à la rassurer et comme elle se lia d'amitié avec Madame Vollier, elle fut moins inquiète sur mon sort, quoique parfois troublée par des visites de porteurs de billets à ordre que je devais payer pour honorer les dettes des libraires. Ses maigres ressources d'héritage me furent souvent données pour cela, et la honte me gagne encore à ce jour en y repensant.

Nous prîmes la décision qu'elle viendrait vivre avec moi à Paris, et je pris la décision d'ouvrir une école dans la rue Houdon, soutenue par ces deux personnes que j'aimais le plus. J'aurais pu peut-être vivre de ma plume, mais la passion d'enseigner était trop forte. Je continuais aussi à

---

[19] Elle signa de nombreuses œuvres sous ce nom de Louis Michel

poursuivre ma correspondance avec mon poète en exil et lui envoyais certaines de mes œuvres que je signais de mon nouveau pseudonyme.

Chapitre 11. Paris, vers 1866.

Depuis plusieurs années, je ne croyais plus, ni à la vie future ni à l'immortalité de l'âme de ma religion d'enfance. L'enseignement de la science naturelle et mes propres recherches dans l'étude de cette merveilleuse nature qui nous entourait me permettaient de voir et de comprendre les différentes scènes des transformations de la vie. De celle de chaque être, le plus petit soit-il, participant à la cohérence de l'ensemble. Du passage de la vie à la mort qui permettait l'évolution sans cesse renouvelée des espèces. De la poursuite de leur transformation, je pressentais que nous étions nous, les humains, si grands et en même temps si misérables, soumis aux lois de l'univers qui nous entouraient et auxquelles nous ne pouvions échapper.

Le temps poursuivait inlassablement sa course entraînant avec lui notre transformation du nouveau-né à l'enfant, de l'enfant à l'adulte, de l'adulte au vieillard. Tout se transformait et la vie sans cesse renaissait saison après saison, génération après génération, espèce après espèce. Cela était en même temps magnifique et terrifiant. *J'avais l'impression d'être la particule infime d'un tout immense, et pourtant je pressentais que cette particule avait son œuvre à accomplir, son destin à saisir.* Ma mère me disait que j'étais devenue rationnel, que ma part de rêve avait disparu de mon être. Non, il était devenu différent, avant il était spirituel, maintenant il était l'humanité. Le progrès humain présent partout avec les sciences qui progressaient permettait d'envisager un bonheur plus grand. Il fallait que la société se transforme et que tous les hommes puissent en profiter et s'ouvrir au savoir. Je savais maintenant que mes combats futurs seraient pour le genre humain.

Je suivais avec attention la pensée socialiste, adhérait avec ardeur à l'Internationale ouvrière[20]. Je vivais avec l'espoir secret de la fin de l'Empire, de la proclamation de la République, de la liberté de tous et de chacun, de l'égalité des hommes et de la fraternité que nous pourrions instaurer. Je participais durant les dernières années de cette décennie aux réunions des sociétés secrètes socialistes, traquées par le pouvoir et aux manifestations publiques, pourchassées par la police. Pour moi, les républicains de la rue Hautefeuille et les socialistes de la rue de la Corderie du temple[21]. Tous étaient des amis, des frères qui voulaient la chute de Napoléon III. Je devins à cette époque, membre de la société démocratique de moralisation dont le but était de venir en aide aux ouvrières. Le but n'était pas de faire de la charité, mais bien de leur donner accès à l'éducation, à

[20] Fondé en septembre 1864 à Londres.
[21] Maintenant rue de Bretagne.

l'enseignement, leur permettant ainsi de vivre de leur travail. En 1868, j'ouvris une école rue Oudot, je donnais aussi des cours avec d'autres enseignants dans une école professionnelle ouverte à tous et à toutes rue Thévenot. Parfois la police assistait aux cours, ce qui me permettait des remarques acides sur le tyran qui faisaient tressauter ces agents du pouvoir déguisés en ouvriers.

Madame Vollier maintenant à la retraite habitait avec ma mère et moi, ce fut encore quelques années de bonheur à trois, fait de petites choses et de rituels de la vie de tous les jours d'être ensemble. Elle mourut un soir d'hiver. Une partie de ma vie disparaissait. Il me restait ma mère que je chérissais bien que je la laissais souvent seule parcourant les rues de Paris pour mes engagements politiques.

Enfin, le 4 septembre 1870, la République était proclamée. La Prusse avait envahi la France, les armées de l'Empire avaient capitulé devant elle. Il fallait défendre la Nation comme en 1793. Tous nous voulions résister aux armées allemandes et avions jeté à bas cet Empire qui n'avait pas su ou pas voulu défendre la liberté et le pays.

J'appris à tirer. Je voulais partir avec les corps de francs-tireurs défendre Strasbourg et revêtais l'habit des gardes nationaux.

Je revis mon poète le 13 septembre 1870, il était revenu d'exil. Ce fut la seconde et dernière fois que je le vis.

Livre 2

Fragments de vie.

Chapitre 12. 17 décembre 1871, Versailles.

– Louise Michel, je suis le colonel Delaporte, et j'officie en tant que président du 6ième conseil de guerre. Vous êtes jugée pour attentat afin de changer le gouvernement et d'incitation à la guerre civile, d'avoir porté les armes lors d'une insurrection et fait usage d'armes à feu, de complicité d'arrestation illégale, suivie de tortures et de meurtres, faux en écriture et usage de faux papiers. Vous avez entendu les faits, qu'avez-vous à dire pour votre défense.

– Je ne veux pas me défendre. J'appartiens à la révolution et j'accepte la responsabilité de mes actes. Vous me reprochez d'avoir participé à l'assassinat des généraux ? À cela je répondrais oui si je m'étais trouvée à Montmartre quand ils ont voulu faire tirer sur le peuple. Je n'aurai pas hésité à faire tirer moi-même sur ceux qui donnaient des ordres semblables. Mais, lorsqu'ils ont été faits prisonniers, je ne comprends pas qu'on les ait fusillés, et je regarde cet acte comme une insigne lâcheté !

Quant à l'incendie de Paris, oui j'y ai participé. Je voulais opposer une barrière de flammes aux envahisseurs de Versailles. Je n'ai pas eu de complices pour ce fait, j'ai agi d'après mon propre mouvement.

On dit aussi que je suis complice de la Commune !
Assurément oui, puisque la Commune voulait avant tout la
révolution sociale, et que la révolution sociale est le plus
cher de mes vœux. Bien plus, je me fais l'honneur d'être un
des promoteurs de la Commune qui n'est d'ailleurs pour
rien, pour rien qu'on le sache bien, dans les assassinats et
les incendies.

Arrestation Louise Michel.

— Moi, qui ai assisté à toutes les séances de l'Hôtel de
Ville, je déclare que jamais il n'y a été question
d'assassinats ou d'incendie. Voulez-vous connaître les vrais

coupables ? Ce sont les gens de la police. Et plus tard, peut-être, la lumière se fera sur tous ces événements dont on trouve aujourd'hui tout naturel de rendre responsables tous les partisans de la révolution.

— Dans une proclamation, vous avez dit qu'on devait, toutes les 24 heures, fusiller un otage ?

— Non, j'ai seulement voulu menacer ! Mais pourquoi me défendrais-je ? Je vous l'ai déjà déclaré, je me refuse à le faire. Vous êtes des hommes, vous allez me juger. Vous êtes devant moi à visage découvert, vous êtes des hommes et moi je ne suis qu'une femme, et pourtant je vous regarde en face. Je sais bien que tout ce que je pourrai vous dire ne changera rien à votre sentence. Donc un seul et dernier mot avant de m'asseoir. Nous n'avons jamais voulu que le triomphe de la Révolution. Je le jure par nos martyrs tombés sur le champ de Satory, par nos martyrs que j'acclame encore ici hautement, et qui un jour trouveront bien un vengeur.

Encore une fois, je vous appartiens. Faites de moi ce qu'il vous plaira. Prenez ma vie si vous la voulez. Je ne suis pas femme à vous la disputer un seul instant.

— Vous déclarez ne pas avoir approuvé l'assassinat des otages, mais dès que vous l'avez appris, vous vous êtes écriée, je cite :"On les a fusillés, c'est bien fait"

— Oui, j'ai dit cela, je l'avoue.

– Vous approuviez donc l'assassinat ?

– Permettez, cela n'est pas une preuve ! Les paroles que j'ai prononcées avaient pour but de ne pas arrêter l'élan révolutionnaire.

– Vous écriviez aussi dans les journaux, dans "Le Cri du Peuple[22]" par exemple ?

– Oui, je ne m'en cache pas.

– Ces journaux demandaient chaque jour la confiscation des biens du clergé et autres mesures révolutionnaires semblables. Telles étaient donc vos opinions ?

– En effet ! Mais remarquez que nous n'avons jamais voulu prendre ces biens pour nous. Nous ne songions qu'à les donner au peuple pour leur bien-être.

– Vous avez demandé la suppression de la magistrature !

– C'est que j'avais devant les yeux les exemples de ses erreurs.

– Vous reconnaissez avoir voulu assassiner Monsieur Thiers ?

– Parfaitement ! Je l'ai dit et je le répète.

– Il paraît que vous portiez divers costumes sous la Commune ?

– J'étais vêtue comme d'habitude, je n'ajoutais qu'une ceinture rouge sur mes vêtements.

---

[22] Journal de Jules Vallès, édité durant la Commune

– N'avez-vous pas portée plusieurs fois un costume d'homme ?

– Je me suis habillé en garde nationale, pour ne pas attirer les regards.

– Accusée, avez-vous quelques choses à dire pour votre défense ?

– Ce que je réclame de vous, juges du conseil de guerre, de vous qui êtes des militaires et qui jugez à la face de tous, c'est le champ de Satory ! Là, où sont déjà tombés nos frères. Il faut me retrancher de la société, on vous dit de la faire ? Eh bien ! Le procureur de la République à raison. Puisqu'il semble que tout cœur qui bat pour la liberté n'a droit qu'à un peu de plomb, j'en réclame une part, moi ! Si vous me laissez vivre, je ne cesserai de crier vengeance, et je dénoncerai à la vengeance de mes frères les assassins !

– Je ne puis vous laisser la parole si vous continuez sur ce ton.

– J'ai fini ! Si vous n'êtes pas des lâches, tuez-moi !

– Vous êtes condamnée à l'unanimité à la déportation dans une enceinte fortifiée. Vous avez 24 heures pour vous pouvoir en cassation.

– Non ! Il n'y a point d'appel, mais j'aurai préféré la mort…

Chapitre 13. Arras, maison d'arrêt, le 28 novembre 1871.

C'est aujourd'hui qu'ils vont fusiller mon compagnon d'armes, mon frère et mon amour. Ils m'ont éloignée de son lieu d'exécution.

Dans la prison des chantiers de Versailles, j'ai pu correspondre avec lui, Théophile Ferré, grâce à l'abbé Folley. Je lui ai indiqué à travers mes mots que je l'aimais, je ne sais pas s'il l'a compris. Oh, comme je voudrais être à ses côtés et mourir avec lui. Il m'a écrit ce qu'il a clamé durant son simulacre de procès. Il leur a dit qu'il était entre les mains de ses bourreaux. Ils voulaient sa tête, qu'il la prenne. Il avait vécu libre, il voulait mourir libre, non par son corps emprisonné, mais dans sa tête. Il voulait confier sa mémoire et sa vengeance à l'avenir.

Il m'a raconté son arrestation. Je la livre par écrit pour qu'elle puisse être connue, si, comme je l'espère, ils me fusillent aussi un jour. Il avait fui au dernier jour et toutes les recherches pour le découvrir et l'arrêter avaient été vaines. Ils allèrent alors à Levallois-Perret dans la maison où habitaient ses parents et sa sœur. Il n'y était pas.

Sa sœur, très malade était couchée dans la pièce. Ils défoncèrent la porte. Le père était parti au travail. Il restait la mère qui veillait sa fille. On brutalisa la mère, on lui dit qu'elle devait révéler la cachette de son fils, sinon on l'arrêterait et sa fille resterait seule. Elle leur dit qu'elle ne savait pas.

Alors, ils ont changé leur chantage.

« *On va emporter ta fille, quitte à la tuer, peu importe !* » Ils la levèrent, l'habillèrent sans ménagement. La fille cria à sa mère de rester forte, de ne rien dire. Il faudra bien qu'ils la relâchent. La pauvre mère entre la mort de sa fille ou l'arrestation de son fils fit un choix tragique. « Rue Saint-Sauveur », elle prononça tout bas ces mots. Ils lâchèrent la fille et partirent. La rue fut cernée, fouillée, Théophile arrêté.

Et maintenant on va le fusiller. J'ai su que sa mère est devenue folle après ses évènements. On a dû l'enfermer à l'asile Sainte-Anne et elle est morte peu de temps après. J'ai appris qu'il a écrit à sa sœur lui demandant de porter un bouquet d'immortels sur la tombe de celle-ci. Il a demandé à sa famille de lui pardonner du mal involontaire qu'il leur avait fait.

Mon amour va mourir. Mon amour meurt, mon amour est mort.

Il fait nuit, je ne souffre plus. Je suis maintenant dans la mort, cela vaut mieux, car la douleur que j'ai éprouvée est immense. Je suis de l'autre côté de la vie, j'aurais tant voulu lui dire adieu. Mais je vais vivre pour témoigner, ma main

écrira, ma voix portera pour le faire exister. Je ne pourrai
jamais oublier l'amour que j'ai pour lui.

Chapitre 14. Paris, tribunal correctionnel, le 9 janvier 1882.

— Louise Michel, vous êtes accusée d'outrage à agents en date du 8 janvier 1882.

— Ce serait plutôt à moi de me plaindre de brutalités et d'outrages ! Mes camarades et moi, après l'enterrement d'Auguste Blanqui, avons été très calmes. Je vais vous expliquer ce qui s'est passé. Après la cérémonie, j'ai été arrêtée avec d'autres. Nous avons été traînés au commissariat de police. En y arrivant, j'ai vu en bas plusieurs agents qui frappaient violemment un homme. Ne voulant rien dire à ceux qui semblaient surexcités, je suis monté au premier étage, et j'ai dit à deux autres agents qui s'y trouvaient qu'on assassinait en bas.

— Ce récit est en désaccord avec la déposition des témoins que nous allons entendre.

— Ce que j'ai dit est la vérité. D'ailleurs, j'ai avoué des choses plus terribles que celle-là.

— Appelez le témoin dénommé Conar, gardien de la paix.

— J'ai trouvé en arrivant au commissariat deux femmes, dont Louise Michel, et celle-ci nous a dit : « Vous êtes des assassins et des feignants »

– C'est faux !

– Mais, l'agent persiste à affirmer la véracité de son récit.

– Je répète que j'ai dit la vérité. Ces paroles qui me sont attribuées sont invraisemblables. J'ai dit : « on assassine en bas.» Le mot feignant ne fait pas partie de mon vocabulaire.

– Le tribunal, en vertu de l'article 224 du Code pénal, vous condamne Louise Michel à quinze jours de prison.

L'illustration du 21 janvier 1882.

Chapitre 15. Paris, cour d'assises de la Seine, le 21 juin 1883.

– *Louise Michel, vous êtes accusée d'avoir en mars de cette année à Paris, commis en bande, le vol de pains appartenant aux époux Augereau, aux époux Bouché et aux époux Moricet, boulangers de leur état. Vous êtes accusée de pillage. Avez-vous déjà été poursuivie ?*

– *Oui, en 1871.*

– *Il ne peut plus en être question. Ces faits ont été couverts par l'amnistie. Avez-vous été condamnée depuis ?*

– *J'ai été condamnée à quinze jours de prison pour la manifestation de Blanqui.*

– *Vous prenez donc part à toutes les manifestions ?*

– *Hélas oui ! Je suis toujours avec les misérables.*

– *C'est pour cela que vous avez organisé et assisté à celle-ci pour les gens sans travail de l'esplanade des Invalides ? Quel résultat en espérez-vous ?*

– *Une manifestation pacifique est toujours sans résultat, mais je pensais que le gouvernement userait de ses moyens habituels et qu'elle serait balayée par le canon et il eût été lâche de ma part de ne pas y aller.*

– *Vous avez recruté des connaissances pour cette manifestation, connaissiez-vous Pouget[23] ?*

– J'avais rencontré Pouget dans quelques réunions.

– Pouget est votre secrétaire. C'était lui qui devait distribuer en province les brochures propageant vos idées. Il recueillait le nom de vos adhérents.

– Ce ne sont pas à proprement parler des adhérents. Ce sont des personnes curieuses de nos idées.

– Vous étiez le chef de cette révolte ! Vous êtes allée aux Invalides et vous avez rencontré Pouget ?

– Oui.

– Étiez-vous d'accord avec Pouget pour vous rendre à l'esplanade ?

– Non, nous nous sommes rencontrés par hasard.

– Est-ce qu'il n'y avait à cette réunion que des ouvriers sans travail ?

– Oui.

– Est-ce que vous croyez que ce rassemblement pouvait donner du travail ?

– Je vous ai déjà dit que non. J'y ai été par devoir.

– La manifestation a été dispersée. N'est-ce pas à ce moment que vous avez voulu faire votre petite démonstration ?

– Ce n'était pas une « démonstration », c'était le cri des travailleurs que je voulais faire entendre.

---

[23] Militant anarchiste et antimilitariste, membre fondateur de la C.G.T.

– Vous avez demandé un drapeau noir [24] ?

– Oui, et on m'a apporté un chiffon noir.

– Qui est-ce qui vous l'a donné ?

– Un inconnu.

– On ne trouve pourtant pas si facilement et par hasard un drapeau sur l'esplanade des Invalides ?

– Il suffit d'un haillon noir et d'un manche à balai.

– Il résulte de ce fait que tout était préparé. Qui avait préparé ce drapeau ?

– Personne, et ce serait quelqu'un que je ne désignerai pas cette personne.

– N'avez-vous pas quitté l'esplanade avec l'intention de faire des incidents ?

– Je me suis mise simplement à la tête d'un groupe.

– Quel était votre but en parcourant Paris, avec un drapeau noir ? Croyez-vous que vous procureriez ainsi du pain aux ouvriers ?

– Non, mais je voulais faire voir qu'ils en manquaient et qu'ils avaient faim. C'est le drapeau des grèves, le drapeau des famines que je tenais.

---

[24] Louise Michel dans un meeting de mars 1882 : « Plus de drapeau rouge mouillé du sang de nos soldats. J'arborerai le drapeau noir, portant le deuil de nos morts et de nos illusions».

— *Vous êtes arrivée au boulevard Saint-Germain. Pourquoi vous êtes-vous arrêtée devant la boulangerie du sieur Bouché ?*

— *J'ai constamment marché. Les gamins m'ont dit qu'on leur donnait du pain, je ne me suis pas occupée de ces détails.*

— *Vous prétendez qu'on donnait volontairement du pain.*

— *Oui, Monsieur, les gamins nous ont dit qu'on leur donnait du pain.*

— *Et les hommes armés de gourdins, est-ce qu'on leur donnait volontairement du pain ?*

— *Nous n'avions pas avec nous de personnes armées de gourdins et ils ne sont pas au banc des accusés, ceux-là !*

— *Vous ne pouvez pas contester le fait. Le témoin Bouché vous a vu arriver à la tête d'une bande de quinze ou vingt individus qui sont allés piller la boutique, en criant : « Du pain, du travail, ou du plomb. »*

— *Ils n'étaient pas des nôtres. C'était la mise en scène de la police.*

— *Vous avez dit dans un interrogatoire que vous ne regardiez pas comme un délit, de prendre du pain.*

— *Oui, mais jamais je n'en ai pris, jamais je n'en prendrai quand bien même je mourrai de faim.*

– Quand vous avez été arrêtée, place Maubert, avez-vous dit à l'officier de police : « Ne me faites pas de mal, nous ne demandons que du pain » ?

– Je n'ai pas dit : « Ne me faites pas de mal, », mais j'ai peut-être dit : « Nous ne demandons que du pain, on ne vous fera pas de mal. »

– La boulangerie de Monsieur Bouché a été complètement pillée !

– Je n'ai même pas vu de boulangerie, je ne connais pas, Monsieur Bouché.

– La boutique avance sur la rue, elle crève les yeux.

– Je ne pensais qu'à la misère et je ne pensais pas aux boutiques des boulangers.

– Vous êtes arrivée ensuite devant celle de Monsieur Augereau.

– Je ne connais pas Monsieur Augereau.

– Avez-vous levé votre drapeau devant cette boutique ?

– J'ai pu le lever et le baisser bien des fois.

– Combien aviez-vous de personnes avec vous ?

– Je ne sais pas.

– Le magasin de Monsieur Augereau a été complètement pillé.

– Je ne sais pas. J'ai vu piller et tuer bien autre chose.

– Alors cela vous est absolument indifférent ? Vous avez débouché ensuite sur le boulevard Saint-Germain. Vous êtes-vous arrêtée devant celle de Moricet ?

– Je ne sais pas et je ne comprends pas que vous me posiez une pareille question.

– Vous êtes-vous mise à rire devant cette boutique ?

– Je ne sais pas ce qui aurait pu me faire rire ? Est-ce la misère de ceux qui m'environnaient ? Est-ce ce triste état de choses qui nous ramène avant 1789 ?

– En somme vous vous prétendez étrangère à tous ces faits-là.

– Oui.

– Mais ces trois commerçants dévalisés prétendent que la foule obéissait à un signal.

– C'est inepte. Pour obéir à un signal, il faut qu'il soit convenu. Il aurait donc fallu faire savoir dans tout Paris que je lèverais ou baisserais le drapeau devant les boulangeries.

– Alors c'est un mouvement populaire instinctif.

– C'est l'œuvre de quelques enfants. Les gens raisonnables qui m'environnaient ne s'en sont pas occupés.

– Vous avez quitté la manifestation place Maubert et vous avez disparu.

– Des amis ont exigé que je ne me fasse pas arrêter ce jour-là.

– Avez-vous eu connaissance de la distribution faite en province par Pouget d'une brochure intitulée : « À l'armée ?».

– Au moment où les monarchistes orléanistes embauchent ouvertement contre la République, j'ai voulu embaucher pour la République, et c'est sous mon inspiration qu'a été distribuée cette brochure. C'est un cri de détresse !

– Aviez-vous connaissance des études spéciales auxquelles Pouget se livrait sur les matières incendiaires ?

– Tout le monde aujourd'hui s'occupe de science. Tout le monde lit la « Revue scientifique » et cherche par là à améliorer le sort des travailleurs.

– Nous ne sommes pas ici pour faire des théories ! Étiez-vous au courant des études auxquelles se livrait Pouget ?

– Je ne m'occupe pas de savoir si on lit ou si on ne lit pas les revues scientifiques.

– Passons à l'audition des témoins !

– Je m'appelle Jules Bouché, boulanger rue des Canettes. Le 9 mars, vers une heure de l'après-midi, une vingtaine d'individus ont envahi ma boulangerie. Ils étaient armés de cannes plombées et demandaient « du pain ou du travail ! » Je leur ai dit : « Si vous voulez du pain, prenez-en, mais ne cassez rien !

– Reconnaissez-vous l'accusée ?

– Non, Monsieur.

– Avez-vous laissé prendre votre pain, parce que vous ne pouviez faire autrement ?

– Il n'y avait pas moyen de faire quelque chose, toute résistance était impossible.

– Je suis la femme Augereau, boulangère due du Four-Saint-Germain. J'ai vu, dans l'après-midi du 9 mars, Madame Louise Michel s'arrêter devant ma porte. On a crié : « Du pain ! Du pain ! » Ces messieurs sont entrés et ont volé du pain, des biscuits. Ils m'ont cassé une assiette et deux carreaux.

– Où était Louise Michel pendant qu'on vous pillait ?

– Elle était plantée juste au milieu de la rue.

– Je suis la fille Augereau, Rosalie. Le 9 mars dernier, nous avons vu arriver une bande, à la tête de laquelle il y avait une femme avec un drapeau noir, arrivée devant chez nous, elle a frappé la terre avec son drapeau, quelqu'un a dit : « Allez ! » On a envahi la maison et tout a été pillé.

– Je m'appelle Moricet, je suis boulanger boulevard Saint-Germain. Le 9 mars dernier, j'étais couché quand ma petite-fille est venue me réveiller. Il y avait du monde plein la boutique, j'ai vu une femme qui s'en allait avec un drapeau noir.

– Je suis la femme Moricet, boulangère, Le 9 mars dernier, la foule s'est amassée devant ma boutique. Elle

avait à sa tête Louise Michel. Elle s'est arrêtée devant chez moi, a frappé la terre de son drapeau et s'est mise à rire. Ils demandaient du pain ou du travail ! Je me suis mise à leur donner du pain, mais ils n'ont pas tardé à le prendre eux-mêmes et à tout casser.

– Louise Michel, que pensez-vous de cette déposition ? Elle est assez nette.

– Tellement nette que je n'ai jamais rien vu de pareil. Comment ai-je pu rire ? Madame l'a complètement rêvé. Je proteste pour l'honneur de la Révolution ! J'ai bien le droit de relever les variations des témoins. Je ne me suis jamais prosternée devant personne. Je n'ai jamais demandé grâce. Vous pouvez dire tout ce que vous voudrez, vous pouvez me condamner, mais je ne veux pas que vous me déshonoriez.

– L'avocat de Madame Louise Michel a déclaré qu'elle souhaite se défendre seule.

– C'est un véritable procès politique que l'on me fait. Ce n'est pas moi que l'on poursuit, c'est le parti anarchiste. L'avocat général a invoqué contre nous la loi de 1871. Je ne m'occuperai pas de savoir si cette loi n'a pas été faite par les vainqueurs contre les vaincus, contre ceux qu'ils écrasaient. C'était le moment où on chassait le fédéré dans les plaines, où le général Galliffet nous poursuivait dans les catacombes, où il y avait de chaque côté des rues de Paris des monceaux de cadavres. Il y a une chose qui vous

étonne, qui vous épouvante, c'est une femme qui ose se défendre. On n'est pas habitué à voir une femme qui ose penser. On veut selon l'expression de Proudhon, voir dans la femme une ménagère ou une courtisane !

L'illustration du 17 mars 1883.

— Nous avons pris le drapeau noir parce que la manifestation devait être essentiellement pacifique, parce que c'est le drapeau noir des grèves, le drapeau de ceux qui ont faim. Pouvions-nous en prendre un autre ? Le drapeau rouge est cloué dans les cimetières et on ne doit le reprendre que quand on peut le défendre. Or, nous ne le pouvions pas. Je vous l'ai dit et je le répète, c'était une

manifestation essentiellement pacifique. Au-dessus des tribunaux, au-delà des vingt ans de bagne que vous pouvez prononcer, au-delà même de l'éternité du bagne si vous voulez, je vois l'aurore de la liberté et de l'égalité qui se lève. Nous n'appelons pas ce régime-là une république. Nous appellerions république un régime où on irait de l'avant, où il y aurait une justice, où il y aurait du pain pour tous. Mais en quoi votre République diffère-t-elle de l'Empire ? Vous de liberté du haut de la tribune, avec une peine de cinq ans de bagne au bout ?

Audience du 23 juin.

— Je suis le chef du jury et je donne lecture du verdict. Nous reconnaissons Louise Michel coupable de pillage, cependant nous reconnaissons les circonstances atténuantes.

— La cour condamne Louise Michel à six ans de réclusion criminelle. En outre, elle sera placée sous la surveillance de la haute police durant dix ans. Vous avez trois jours pour vous pourvoir en cassation.

— Jamais ! Vous imitez trop bien les magistrats de l'Empire et de Thiers.

Chapitre 16. Prison de Saint-Lazare, Paris, juillet 1883.

Ma première impression fut le dégoût, ma seconde fut la tristesse, ma troisième fut l'empathie.

De cette prison de Saint-Lazare, affectée aux femmes condamnées et emprisonnées, j'observais dans le fourgon qui nous y emmenait, celles qui m'entouraient, rires et gestes lubriques de ces femmes, prostituées pour la plupart, soumises et révoltées, douces et violentes, instinct de brutes et gestes maternels, il me semblait voir et observer le rebut de l'humanité. Je me sentais blessée en tant que femme.

Puis quelques jours plus tard, tristesse de les voir se comporter telles qu'on voulait qu'elles soient, des femmes publiques qui se livraient à la vente de leurs corps. Elles semblaient se livrer avec plaisir aux messages qu'on leur avait inculqués et qui ne leur permettaient plus de percevoir l'esclavage dans lequel elles étaient tombées. Triste résultat de l'éducation dans lequel elles avaient été plongées, elles ne connaissaient pas autre chose. Elles n'étaient pas responsables de la misère et de l'ignorance qui les avaient conduites à cet état.

Je me pris à penser ensuite qu'elles n'étaient que le résultat de cette société bestiale qui les avait poussées dans cette prostitution et la tristesse m'envahit. Alors je fis comme d'habitude, j'allais naturellement vers ces femmes, leur distribuais le peu que j'avais en nourriture, en vêtements et en argent que m'envoyaient mes amis et ma mère. Je devins peu à peu leur amie, leur confidente, leur mère. Elles me racontaient chacune leur histoire. Leurs récits me confortaient dans ma lutte et ma révolte contre l'injustice sociale. Le dégoût de mes premiers jours pour ces malheureuses se transforma en dégoût de cette société qui les avait avilies. On leur avait placé sur le trottoir ou dans les théâtres pour mieux satisfaire les besoins bestiaux de ces assassins.

Cette prison de Saint-Lazare ne leur donnait aucune chance de pouvoir sortir de leur condition. C'était aussi un hôpital où l'on envoyait les insoumises. Cette République avait taxé les maisons closes, les filles qui y travaillaient, dites en cartes, et les filles de rue, dites à numéro. Celles qui ne voulaient pas être soumises à la ponction financière de l'état qui s'était transformé en immense proxénète[25] étaient envoyées dans cette prison où on devait leur « apprendre » la soumission, sous couvert d'un avis médical suivi d'une condamnation de justice. Et ces filles, toutes honteuses de ce qu'elles étaient devenues, cachaient sous couvert de leurs

---

[25] Les taxes que percevait l'état proxénète furent supprimées par la loi Marthe Richard de 1946, en même temps que les maisons closes.

gestes et de leur argot cette honte. Elles étaient la majorité des prisonnières. Parfois on y trouvait quelques ouvrières condamnées pour un bout de tissus volé, un pain dérobé, et quelques femmes adultères qu'on y envoyait alors que le mari qui les avait plus souvent trompées ne faisait pas de prison. Je voyais des vieilles personnes envoyées en prison et mourir après avoir bu un peu de soupe. L'estomac ne supportait plus la nourriture depuis le temps qu'elles n'avaient pas mangé. Je connaissais la misère, en prison je la côtoyais. Celle qui les poussait au crime ou à la prostitution, puis à la mort. Vendues enfants par un parent, débauchées par un patron, mises à la rue par le chômage, accusées par un proche ou un parent, elles étaient toutes des proies que l'on avait sacrifiées.

Durant ma déportation j'appris le Canaque, en prison, j'appris l'argot. Je le considérai avec le temps comme une langue, celle de la misère que des malheureuses avaient appris pour se comprendre entre elles et pouvoir parler librement sans être compris par les bourgeois et la police. Des ateliers, des cellules, de la cour de promenade, j'entendais des mots, des expressions, des tournures que je ne connaissais pas et que je notais soigneusement avec leur traduction dans la langue de notre pays. Cela me permit de parler avec elles. Je fus assez fière quand on commença à m'appeler la « bonne Louise ».

Je découvris alors chez ces femmes des immensités de délicatesse et de générosité, trop longtemps enfouies et qui ne demandaient qu'à éclore de nouveau, comme chez Clarisse.

Elle était la terreur de la prison. Je la vis pour la première fois dans la cour. Elle venait de se mettre en colère contre une religieuse surveillante[26]. M'approchant d'elle, je lui dis de ne pas s'emporter, de garder son calme. Tout en me regardant, elle s'emporta contre moi.

– De quoi qu'elle se mêle celle-là ? Est-ce que je te connais ? En voilà encore une « pétrousquine[27] » !

– Ne vous mettez en colère !

– Toi, tu vas te faire cogner dessus, si tu continues à t'occuper de mes affaires. Moi je n'aime pas qu'on mette le nez dans mes chicanes.

– Vous avez tort, mon enfant, de vous monter ainsi. À quoi servent les cris et les injures ?

– Vous êtes bonne vous, mais ça sert toujours à leur ficher le trac et à leur faire voir que nous n'avons pas peur des «surveilmuches[28]»

– Et après ?

– Après ?

---

[26] Jusqu'au début du XX ième siècle, les gardiennes de prison à Paris étaient des religieuses.
[27] En argot, désigne le postérieur.
[28] Surveillante de prison.

– Oui après, et bien ?

Elle demeura silencieuse, je poursuivis.

– Vous voyez que j'ai raison.

– Vous, vous êtes une femme calme. Tout le monde n'est pas comme vous. Moi je n'ai jamais pu voir une injustice sans me rebiffer.

– Il est des cas où il faut supporter les injustices. Cela n'empêche pas de s'employer à les combattre.

– Mais qui êtes-vous donc, vous ?

– Je suis Louise Michel

– Louise Michel ! 1 C'est vous qui avez flanqué le feu aux quatre coins de Paris pendant la Commune et qui avez été envoyée en Nouvelle-Calédonie.

– J'ai été, en effet envoyée en Nouvelle-Calédonie, répondis-je, mais je n'ai jamais mis le feu aux quatre coins de Paris !

– Cependant, on vous appelait la pétroleuse. Je me le rappelle. J'étais encore gosse, mais ce souvenir m'est resté. Pourquoi vous a-t-on envoyée au bagne ?

– Uniquement parce que j'ai combattu avec mes frères pour le triomphe de la justice.

Je vis qu'elle ne comprenait pas ce que je disais. Alors, je pris le temps de lui expliquer. Elle comprit. Elle se mit par la suite à me raconter son existence. Elle n'avait rien appris, n'avait pas été dans une école, avait passé sa vie d'enfant à voir ses parents se saoulaient toute la journée. Pris de boisson, son père tua sa mère, fut envoyé au bagne et elle, aux enfants assistés. À treize ans, on l'envoya dans une ferme où les paysans profitaient de sa jeunesse pour la battre et lui donner à peine à manger. Jusqu'au jour où dans un geste de désespoir et de révolte, elle vola leurs économies et s'enfuit à Paris. Arrêtée, envoyée en maison de correction, elle fit la connaissance de femmes qui lui apprirent le métier de se vendre. Elle me raconta tous ces détails avec tristesse, résignation et me dit que maintenant, vieille avant l'âge, elle en avait pris pour dix ans de peine de prison. Prononcé de par son geste de colère envers son «protecteur» qui la battait trop souvent. Un jour, elle prit un couteau. Nous devînmes de bonnes amies. Quand elle me quitta pour rejoindre une centrale, elle pleura et me dit qu'elle se souviendrait de moi, toute sa vie.

Un monde différent s'était révélé dans cette prison, et je n'eus pas de mauvais souvenirs dans cet univers, passant mon temps à écrire et à étudier quand mes amis m'envoyaient les livres que je désirais et à m'occuper des détenues. La seule douleur que j'avais, était l'éloignement et la séparation avec ma mère. Elle venait me voir toutes les semaines. Je la voyais dans le parloir. Mais je dus quitter cette prison de Saint-Lazare pour aller dans la centrale de Clermont. Je ne pus la revoir avant de longs mois.

Chapitre 17. Centrale de Clermont[29], Paris, décembre 1884.

Ce fut en pleurant que j'entrais dans ma nouvelle cellule. Après un moment, je me calmais et regardais non point ma cellule, mais plus exactement mon cachot. Infâme lieu aménagé dans un ancien donjon de château fort, j'eus l'impression que l'on m'enfermait vivante dans une fosse. J'étais seule, recluse, isolée, enfermée dans un monde de silence, brisé uniquement par le cliquetis des serrures que l'on ouvrait ou que l'on fermait. Je pensais que beaucoup pouvaient sombrer dans la folie. Pour moi, cela me donna encore plus de désir de me réfugier dans l'écriture, seul monde où je puisais la force de résister. J'y achevais mes « Mémoires », écrivit « Les Microbes humains », « Le monde nouveau », « Les Claques dents »[30]. Je commençais aussi un roman que j'intitulais « Les prisons »[31]. Je voyais de nouveau la plume danser devant mes yeux et se transformait un autant de braves petits soldats qui alignaient les mots, les phrases, les pages teintées de noir sur des feuilles blanches.

[29] Dans l'Oise, dite Clermont en Beauvaisis pour ne pas la confondre avec Clermont-Ferrand.
[30] Parus tous entre 1886, à sa sortie de prison, et 1890.
[31] Il ne fut jamais corrigé et publié, seuls des fragments restent.

J'étais dans la cellule 26. L'air entrait par une fenêtre grillagée. Un lit de fer, une paillasse, un poêle, une petite table, un escabeau, tel était mon univers de tous les jours. En changeant de cellule, de prison, je fus au début, en proie à une inquiétude mortelle, la captivité paraît toujours terrifiante. J'eus l'impression de ne plus pouvoir respirer, d'avoir un espace qui se rétrécissait. Les murs et le plafond se rapprochaient de moi. Puis, peu à peu, je m'habituais, je pris des repères et réappris à vivre, à respirer et à penser. Ce qui me manqua le plus, ce fut le contact avec les autres détenues. Nous étions à l'isolement, sauf pour les promenades de courtes durées. Les seuls êtres que je côtoyais étaient le personnel de la centrale. Et les gardiens de prison me laissèrent des souvenirs douloureux.

Brutes épaisses, serviles et obséquieuses avec les supérieurs, arrogants et brutaux avec les prisonnières. Nous étions devenus des gibiers qu'il fallait faire souffrir avant de les briser. Je les percevais comme des bêtes féroces dont le seul désir était de nous avilir. Ils profitaient que le directeur eût l'habitude de couvrir leurs actes pour torturer et violenter les détenues. Les tortionnaires se livraient dans la nuit et l'isolement de la cellule à tous les actes inhumains qui parfois conduisaient à la mort. Ce personnel de l'administration pénitentiaire était les mêmes tortionnaires qui avaient sévi sous l'Empire. La République ne les avait pas changés. Le régime avait changé, les lois avaient changé, le monde avait changé, mais pas eux. Traités en esclaves par le directeur, ils reproduisaient sur plus faibles qu'eux, ce qu'ils subissaient, en plus violent, en plus féroce, en plus brutal cependant. Ils avaient l'autorité absolue, celle de vie et de mort sur d'autres êtres. Leurs seules distractions étaient d'assouvir leurs plus bas instincts. Les hommes détenus dans les centrales devaient souffrir, mais les prisonnières de Clermont souffraient encore plus. Les viols étaient fréquents. La persécution des femmes détenues semblait leur apporter encore plus de plaisir. Nous étions plus maltraitées, plus avilies, plus soumises à des coups.

J'étais en arrivant une prisonnière célèbre et enveloppée, bien malgré moi, par une auréole de terreur avec ma participation à la Commune de Paris. Je compris vite que me détenir pour me persécuter et me brutaliser était une distraction puissante pour ces gardiens. De plus, beaucoup d'entre eux étaient d'anciens soldats de l'armée versaillaise, la vengeance était présente. Dès le premier jour, en déclinant mon nom, les regards se braquèrent sur moi. Le gardien-chef intervint.

– Louise Michel ! Louise Michel ? Je croyais que les canaques l'avaient dévorée en Nouvelle-Calédonie. Tournez-vous que l'on vous voit un peu ! Vous êtes bien la pétroleuse de 1871, n'est ce pas ? Eh bien quoi, vous ne

répondez pas ! Répondez à ma question ! Êtes-vous la Louise Michel que tout le monde connaît, celle qui a mis Paris à feu et à sang, la révolutionnaire quoi ?

– Oui, la révolutionnaire c'est moi.

– Ah bigre de bigre ! Je regrette bien de ne pas vous avoir tenue au bout de mon fusil quand j'étais dans les troupes de Versailles. Aussi vrai que je m'appelle Gorenflot je vous aurais abattue comme un canard sauvage, et avec plaisir encore. A-t-on jamais vu une femme se mêler de politique et de la sale politique encore ! Où allons-nous ? Bon Dieu, où allons-nous ?

Le lendemain la persécution de Gorenflot commença. Il m'insulta et m'ordonna des tâches auxquels je ne devais pas être astreinte.

– Je te mâterai, quand bien même, je devrais y perdre mon nom.

Je restais calme, tout en refusant de me plier aux caprices de ce versaillais assassin. Le nouveau directeur plus intelligent que l'ancien fit cesser ces brimades et ces brutalités stupides et normalement interdites. Malheureusement pour moi, il fut remplacé durant quelque temps par un ancien capitaine de l'armée versaillaise, Blessé à Auteuil dans les combats contre nous, il avait été amputé du bras gauche, et en gardait une haine farouche contre les anciens communards. Les persécutions que j'eus à subir furent nombreuses. Un jour qu'il m'avait fait balayer ma cellule à maintes reprises, il déchira mon journal en menus morceaux et me dit de balayer de nouveau. Je le traitais d'imbécile. Il en profita pour faire un rapport immonde, truffé de mensonges à l'administration. Je fus « punie » d'un mois de cachot. Je dus revêtir une camisole de force, et dans le noir absolu, je vivais le martyre. Heureusement pour moi et avant que les gardiens ne se livrent à l'irrémédiable sur ma personne, le directeur revint et me fit libérer séance tenante. Réintégrée dans ma cellule, je mis du temps à reprendre goût à la vie et à réécrire, ils avaient presque réussi à briser ma volonté.

Un jour, en sortant pour la promenade, je pris un morceau de journal qui était tombé dans le couloir et appris que le choléra sévissait à Paris. Je songeais à ma mère et fus prise d'une inquiétude importante. La malheureuse, n'était-elle pas atteinte ? N'était-elle en train de mourir ? Et par ma faute, puisque je me trouvais en prison des suites de ma participation à une manifestation interdite. J'écrivis au ministère de la Justice pour demander mon transfert à Saint-Lazare, afin d'être plus proche d'elle. J'appris dans les jours qui suivirent qu'elle était gravement malade. Je me mis à envoyer lettre sur lettre à l'administration afin qu'ils me permettent de la voir. Je sus par la suite que mes amis Rochefort et Clemenceau intervinrent. Je fus transférée à

Paris. Un matin quelque temps plus tard, deux agents de la sûreté vinrent me prendre et me conduisirent au domicile de ma mère. Elle était alitée, ne sachant plus se lever. On me permit de rester pour la soigner.

Le 3 janvier 1885, à cinq heures moins trois minutes du matin, je perdis ma mère. Quelques jours plus tard, je dus réintégrer ma cellule, après que le peuple de Paris fut venu en masse aux obsèques.

Je repris le chemin de la centrale de Clermont, anéantie par sa mort. J'étais sans vie, sans force, sans volonté sans énergie, j'avais tout perdu. Je me souviens juste qu'en entrant dans ma cellule, j'étais presque contente de pouvoir y mourir, plus rien ne me rattachait à cette vie. J'accrochais une photo d'elle sur le mur de ma prison. Je restais des jours entiers à lui parler, à me remémorer le passé. Je n'avais plus conscience de ce qui se passait autour de moi. Mes forces déclinaient jour après jour. Le directeur fit preuve de nouveau de beaucoup d'humanité. Il me fit prendre des fortifiants. Mes forces revinrent, mais surtout mon envie d'écrire me sauva une fois de plus.

Des articles de journaux parurent et firent mention de mon état de santé déclinant. Ce qui fit prendre conscience au gouvernement que ma popularité était intacte et pouvait leur poser des problèmes en cas de décès dans l'une de leurs prisons. Le Président Jules Grévy m'accorda une remise pour le reste de la peine. Je ne voulais pas accepter. Je ne voulais rien devoir à ces hommes qui nous gouvernaient, à ces hommes qui voulaient s'absoudre de leurs méfaits, de leurs crimes[32]. Je voulais purger le reste de ma peine de six ans de prison pour un délit imaginaire. Je voulais qu'il garde la honte de leur action, la honte de leur jugement, la honte de leurs taches de sang. Je m'indignais. Cependant, la grâce arriva en janvier 1886. Je la refusais de nouveau et le directeur me fit ce discours.

– Je devrais alors vous expulser de votre cellule ! Vous devez sortir de cette prison libre et non comme une mendiante qu'on chasse.

Je dus accepter, furieuse d'avoir bénéficié de quelque chose que je n'avais pas demandé. Puis je me dis que je pouvais plus servir la cause de la révolution en étant libre qu'en étant enfermée. L'idée de ruiner jour après jour par des conférences, des manifestations, des déclarations, et des articles dans les journaux, ce gouvernement tout aussi réactionnaire que ceux de la Restauration, de l'Empire et de Versailles. Ce gouvernement qui m'avait condamnée à six ans de prison sur de fausses déclarations de personnes manipulés par leur police sécrète de la sûreté. Ils pensaient m'acheter, ils pensaient me museler, ils pensaient me

---

[32] Sous Jules Ferry, la III République s'est enfermée dans une politique libérale, mais très conservatrice.

réduire au silence, ils allaient voir qu'ils s'étaient trompés lourdement. J'allais reprendre ma vie de révolutionnaire, reprendre, non le drapeau rouge taché du sang de mes frères morts au combat, mais celui de la couleur du deuil de mes frères tombés sous les balles de ces assassins, le drapeau noir de la révolte.

Chapitre 18. Le Havre, le 22 janvier 1888.

– *Oui, Monsieur, j'ai tout vu, et vous pouvez le consigner dans votre rapport de police. J'ai eu le bonheur d'écouter la conférence de la citoyenne Louise Michel à la salle de L'Église. Elle a été bousculée et sifflée, mais aussi applaudie quand elle a défendu la demoiselle Belliard qui voulait parler de son procès. Elle a dit que cette femme demandait justice. Et il faut plus de justice, car c'est un bâillon que la magistrature...*

– *Ensuite, venez-en aux faits.*

– *Ensuite, un dénommé Lucas Pierre, je le connais, c'est un bon à rien.*

– *Son âge ?*

– *Je ne sais pas trop, 30 ou 40 ans. Il est monté à la tribune, et il a crié « on dit que nous sommes des voleurs et des assassins ».*

– *Ensuite ?*

– *Ensuite, il s'est assis en arrière et à droite de Louise Michel. Elle a repris la parole et a dit qu'elle voulait raconter une anecdote. À ce moment Lucas s'est levé, a sorti un revolver et a tiré deux coups de feu derrière l'oreille gauche.*

– *Après ?*

– C'était la panique, tout le monde criait, les gens voulaient sortir de la salle. On était plusieurs à se saisir de Lucas et de le conduire ici au poste.

– Et Louise Michel ?

– Elle ne voulait pas se soigner, elle a dit qu'elle reprendrait le train demain matin.

– Et vous là-bas, que pouvez dire sur ce qui s'est passé ?

– Je connais ce Lucas, il est natif du Finistère. Il travaille chez un négociant, il est marié, père d'un enfant. Je crois qu'il a déjà été arrêté pour ivresse. Il a souvent des hallucinations. J'étais près de lui, un peu surpris, je ne l'ai jamais vu dans des réunions comme celle-là. J'ai entendu des gens près de nous, dire que cette femme est la cause de tous nos malheurs, qu'il faut la foutre à l'eau. Il est sorti de la salle. Je l'ai revu plus tard, il paraissait ivre, il a voulu alors monter à la tribune.

– Et vous, vous étiez à la tribune ?

– Oui, en tant que syndicaliste et organisateur de cette conférence de la citoyenne Louise Michel. Il a surgi à la tribune. Il s'est mis devant elle, et il a essayé de parler, mais de façon incohérente, la citoyenne nous a dit, « je n'y comprends rien ». On a fait asseoir l'homme et la réunion a continué.

– Et vous, vous étiez sur le banc de la presse ?

— Oui, je suis journaliste au « Petit Havre ». Tout à coup, on a entendu une détonation. Lucas était debout derrière la conférencière. Il tenait son revolver comme un gosse. Tout le monde s'est mis debout. Alors elle a dit, « ce n'est rien, c'est cet imbécile qui a tiré à blanc ». Il a tiré de nouveau derrière l'oreille, elle s'est effondrée. On l'a assise sur une chaise, un docteur est venu pour lui porter les premiers soins. Il a dit que la balle s'était logée dans le temporal gauche. Il fallait l'extraire. Elle n'a pas voulu.

— Elle était en colère.

— Non ! Elle voulait rentrer à Paris, malgré l'avis du médecin[33].

— Ensuite ?

— Des amis de la conférencière ont lynché le dénommé Lucas. Il doit en porter encore les traces sur le visage. Mais pour mon article de demain, où est-il ?

— Il a été conduit au poste et mis à la disposition de la justice. Louise Michel n'a pas voulu porter plainte, mais une enquête est ouverte. Quant à ce Lucas, il est né à Guerlesquin dans le Finistère. Il habite rue de la Communauté.

— Qu'a-t-il déclaré ?

[33] Elle garda la balle dans sa tête pour le reste de sa vie, lui causant des douleurs importantes. Quant à la seconde balle logée dans son chapeau, elle en fit cadeau à son ami journaliste Rochefort avec ces mots : *« Souvenir de la balle à l'oreille coupée, trouvée dans mon chapeau ».*

– Des phrases incohérentes ! Il dit que s'il l'a frappée, oui il parle de frapper, c'est qu'il était exaspéré. Il ne comprenait pas ce qu'elle disait. Il semble ignorant, il dit lui-même qu'il n'a pas l'instruction nécessaire.

L'illustration du 28 janvier 1888.

Chapitre 19. Paris, le 1er mai 1890.

Il fallait marquer cette date, comme nos camarades américains et anglais.

Cela avait démarré quelques années plus tôt. Ils voulaient imposer aux patrons la journée de huit heures. La grève avait éclaté le 1er mai aux États-Unis. Elle s'était poursuivie dans certaines villes et à Chicago, il y avait eu des morts parmi les grévistes. En signe de protestation, une marche avait été organisée. Une bombe avait alors explosé, tuant un policier. Parmi les syndicalistes arrêtés et jugés, cinq avaient été condamnés à mort. Ils furent pendus le vendredi 11 novembre 1887[34]. J'avais lu dans le journal la plaidoirie du procureur :

— Nous savons que ces huit hommes ne sont pas plus coupables que les milliers de personnes qui les suivaient, mais ils ont été choisis parce qu'ils sont des meneurs. Messieurs du jury, faites d'eux un exemple, faites-les pendre, et vous sauverez nos institutions et notre société.

L'année dernière, le gouverneur de l'état avait déclaré qu'il pensait que le chef de la police de la ville avait

[34] Connu sous le nom de « Black Friday ».

organisé l'attentat. Il avait gracié les syndicalistes qui étaient encore en prison.

Jules Guesde avait voulu organiser pour ce 1ᵉʳ mai, une fête, la « fête du Travail », en hommage à tous les travailleurs du monde et à ceux qui avaient donné leur vie pour défendre leur droit et leur dignité. On avait organisé un rassemblement et un défilé dans le centre de Paris, mais aussi dans d'autres villes, partout on manifestait même si cela était interdit. La troupe était présente. Des chasseurs à cheval avaient dispersé les ouvriers avec violence. Les agents de police, en nombre, avaient arrêté et conduit les personnes au poste. La brutalité de ces arrestations avait fait de nombreuses victimes.

Mes amis me parlèrent d'un noble, le marquis de Morès, arrêté durant cette fête des Travailleurs à Paris. C'était un aventurier, doublé d'un révolutionnaire raciste qui avait fondé le parti de la Ligue antisémite de France. Il avait organisé un groupe de volontaires des abattoirs de la Villette entraîné pour le combat de rue, armés de gourdin et qui profitaient de nos manifestations pour combattre la police, piller les devantures et installer le chaos. Quant à lui, il vilipendait les juifs, les francs-maçons et les rouges. Il n'était qu'un des nombreux avatars du général Boulanger[35]

---

[35] Ministre de la guerre, pas loin d'organiser un coup d'État en 1889, il s'enfuit pensant son arrestation proche et fut poursuivi pour complot

et de son mouvement. Mon ami, mon frère Rochefort l'avait soutenu. D'autres anciens frères de la Commune l'avaient rejoint, moi je pensais que tout cela m'indifférait, partisans ou adversaires de ce général, pourvu qu'on enterre l'ancien monde. C'était un imbécile, mais il pouvait combattre le gouvernement de l'instant.

L'illustration du 3 mai 1890.

Moi, j'avais été arrêtée quelques jours avant, le 27 avril, à Saint-Étienne. J'avais prononcé un discours en soutien aux mineurs. Cela n'avait pas plu aux autorités locales. Ils m'avaient de nouveau enfermée, mais je n'avais plus peur de la prison.

---

contre la sûreté de l'État.

Chapitre 20. Saint-Étienne, le 24 mai 1890.

J'avais refusé ma liberté provisoire. Mes coïnculpés étaient encore en prison et eux ne bénéficiaient pas de la même faveur, alors je restais enfermée, mais ils m'avaient signifié deux avis de non-lieu.

Par dépit et pour ne pas avoir de régime de faveur, j'avais tout cassé dans ma cellule. Alors ils ont fait venir un docteur qui m'a déclaré folle. J'ai failli le frapper, mais il aurait été trop content. Folle, voilà de quoi les satisfaire, ils pouvaient me mettre dans une cellule, mais pas la même et en toute légalité, sans procès, sans jugement, et en toute discrétion. J'avais réussi à prévenir mes amis, dont Rochefort et Clemenceau. Ils ont dû me libérer quelques jours plus tard. Rochefort a écrit un article dans son journal *l'Intransigeant*, intitulé « *Taisez-vous* ». Il y décrivait que le pouvoir pour me faire taire avait soudoyé le médecin. Le ministre de l'Intérieur, Ernest Constans, a eu peur du scandale de mon incarcération dans un asile d'aliénés ! Il a télégraphié au préfet de l'Isère pour qu'il me fasse sortir.

Je suis sur le quai de la gare, je vais reprendre le train pour Paris. C'est en attendant le départ que je me suis remémoré tous ces souvenirs.

Je suis fatiguée de toutes ces arrestations, ces polémiques, ces jugements et ces interrogatoires. J'ai envie de partir dans un autre pays, de m'y réfugier pour que je sois moins exposée, plus tranquille. J'ai soixante ans, je fatigue, je suis plus vite épuisée. Mes douleurs lancinantes dans la tête depuis cet attentat n'arrangent rien. Folle, je le suis, mais pas comme l'entend ce médecin imbécile, je suis folle de douleur et de révolte.

Nous sommes en République, telle que le souhaitait, dans son exil, mon poète disparu. Mais cette République est réactionnaire comme les gouvernements de la restauration, du Second Empire et de Versailles. Ils pensent faire avancer l'histoire, mais ne font que remonter le temps. Sadi Carnot[36] veut faire voter des lois pour restreindre la liberté de la presse et pour amputer les libertés individuelles[37]. Je ne le laisserai pas faire cela, mais il faut que je prenne du recul, que je m'éloigne de ces querelles, de ces mensonges, de ces calomnies, de ces ragots qui m'atteignent. Et de ce manque de liberté que je ressens de plus en plus difficilement, c'est comme si je ne pouvais plus respirer. Face à cela le mouvement anarchiste que je défends devient de plus en plus violent. Les attentats, les meurtres, les bombes sont légion. Je comprends, mais je n'approuve pas toujours cette violence gratuite. Je rêve de changer le monde, mais pas de le détruire. Je ne suis pas la Velléda[38] de l'anarchie et je ne

---

[36] Il est assassiné le 24 juin 1894 par un anarchiste italien,
[37] Cela deviendra *les lois scélérates* votées en 1893 et 1894.

veux pas être la Velada[39] de la Révolution. Je suis avant tout une femme libre, je vais reprendre mon métier de maîtresse d'école en Angleterre, à Londres, terre d'exil et de refuge pour des gens comme moi. Quand j'enseignais aux enfants en France puis aux enfants en Nouvelle-Calédonie, j'étais heureuse. Je me sentais comme un soldat de la Révolution, ceux de 92, mais à la différence de ceux-là, je n'avais pas de fusil, j'avais une règle pour montrer sur le tableau noir, les armes de la connaissance et du savoir qui les permettrait plus tard d'être des femmes et des hommes libres.

Je vais redonner des cours, ouvrir une école. C'est la seule occupation où je me sens moi-même libre, indépendante et heureuse.

---

[38] La prophétesse en Celte.
[39] La voyante en gaulois.

Livre 3

Anecdotes de vieillesse.

Chapitre 21. 67 Charlotte Street, Londres, le 11 janvier 1891.

Carnet de notes.

Il faut que je consigne certains faits, ma mémoire me fait défaut maintenant.

Le cercle de la langue française de Londres va me confier la direction d'une école dans ce quartier. Je vais pouvoir donner des cours de français, j'aurai le temps de faire des conférences. Les actions de provocation et d'attentat commis par des anarchistes se poursuivent en France. Il est vrai que je m'en réclame. Mais il est vrai aussi que certaines sont suscitées, perpétrées et manigancées par le pouvoir. Des agents provocateurs parcourent nos rangs. J'ai su par un ami que le journal « La révolution sociale » fondée en 1880 par Égide Spilleux[40] était financé par Louis Andrieux, le préfet de police de Paris.

Février 1891.

Je suis rentrée à Paris pour la mort de Madame Malenfant. C'était la doyenne de la Commune, elle faisait déjà le coup de feu lors de la révolution de 1848. J'ai

---

[40] D'origine belge, il est journaliste, devient anarchiste puis est *retourné* par la police pour devenir un de leur agent.

prononcé un discours au cimetière. Elle avait été arrêtée en 1871, condamnée à mort par Versailles, mais elle avait réussi à se sauver et à se réfugier à Londres. Des fleurs rouges ont été mises sur sa tombe.

Mars 1891.

Mon école fonctionne, 40 enfants. Ils apprennent le français, l'anglais, l'allemand, le dessin, la musique, l'algèbre.

Mai 1891.

À Fourmies, dans cette vieille cité ouvrière du nord de la France, la troupe a tiré sur des grévistes. Ils manifestaient pour la journée de huit heures.

La fusillade a fait huit morts, deux autres sont décédés le lendemain des suites de leurs blessures.

Maria Blondeau, 18 ans, une balle dans la tête ;

Louise Hublet, 20 ans, deux balles dans le front ;

Ernestine Diot, 17 ans, cinq balles dans le corps ;

Félicie Tonnelier, trois balles dans la tête ;

Kléber Giloteaux, 19 ans, trois balles dans la poitrine ;

Charles Leroy, 20 ans, trois balles ;

Émile Ségaux, 30 ans, cinq balles ;

Gustave Pestiaux, 14 ans, deux balles dans la tête ;

Émile Cornaille, 11 ans, une balle dans le cœur.

Et Camille Latour, 46 ans, commotionné après la fusillade, décédé le lendemain.

Leroy, Ségaux, Pestiaux, Cornaille ne participaient pas à la manifestation, ils furent tués par des balles perdues. Il y eut trente blessés, c'était de nouveau des taches de sang[41].

L'officier a donné l'ordre de tirer sans avoir fait les sommations réglementaires. Un prêtre s'est opposé et a réussi à arrêter la fusillade. Ils étaient couchés sur la place du village. Les jeunes filles ne verront plus leurs fiancés, les jeunes hommes ne pourront plus danser le dimanche, les enfants n'iront plus à l'école. Combien de victimes faudra-t-il encore pour que l'on accorde des droits aux ouvriers.

[41] Le 8 mai 1891, Georges Clemenceau prononcera un discours à l'Assemblée nationale : « Il y a quelque part, sur le pavé de Fourmies, une tache de sang innocent qu'il faut laver à tout prix ! »

Juin 1891.

J'ai pris la parole dans une manifestation, ici à Londres. Ici aussi on manifeste pour la journée de huit heures. Des dizaines de milliers de personnes étaient présentes. Des députés du Parti ouvrier ont pris la parole. Ici on n'a pas tiré sur la foule.

Novembre 1891.

Un rédacteur de la Saint-Jales Gazette a fait paraître un article où il dit m'avoir rencontré et me fait dire des mots que je n'ai jamais prononcés. Je n'ai jamais dit que je ne retournerai en France lorsqu'un mouvement révolutionnaire aura pris le pouvoir. Je n'ai jamais dit que je me plaignais de l'hospitalité anglaise, bien au contraire, je loue le refuge que j'y ai trouvé. Je ne l'ai jamais rencontré dans une gare et je n'ai jamais eu cette conversation qu'il a imaginée pour me discréditer ou pour faire vendre son journal.

Novembre 1892.

J'ai participé à la manifestation contre l'extradition de Jean-Pierre François, cet anarchiste français réfugié à Londres. On l'a soupçonné d'avoir participé à un attentat en France au restaurant Very de Paris[42], en avril. Dénoncé, il

[42] Il fut disculpé lors de son procès.

avait pris la fuite et était venu ici à Londres. Sur demande du gouvernement français, il avait été activement recherché puis arrêté. J'ai voulu prendre la parole, les *policemen* m'ont empêchée et conduite à un commissariat de police. Cette extradition est une honte.

Chapitre 22. 67 Charlotte Street, Londres, le 3 janvier 1893.

Carnet de notes.

Aujourd'hui, le journal de mon ami et de mon frère Rochefort m'est parvenu. Il date du 1er janvier. Il parle en première page de l'attentat du commissariat de la rue des Bons-Enfants le 8 novembre de l'année dernière. Il sous-entend que cet attentat a été commis par un provocateur de la police. Cette bombe avait été déposée dans les bureaux de la compagnie des Mines de Carmaux. Il en veut pour preuve que cet engin explosif eut normalement fait son œuvre de destruction dans le bureau du baron Reille, où il se rend tous les jours depuis vingt ans et que ce jour-là il ne s'y est pas rendu. Découvert, le paquet a été emporté par le concierge de l'usine au commissariat du premier arrondissement où il a explosé, tuant cinq agents. Il se base sur le fait que je lui indique souvent les anarchistes qui se réfugient à Londres, une fois leur acte accompli, mais qu'après cet attentat, personne ne sait réfugier en Angleterre.

Il a tort, je ne lui dis pas tout, comment le pourrais-je ? Je poursuis mes conférences à travers l'Europe, inlassablement, mais je m'éloigne de ces actes, car dans cet attentat comme dans d'autres, je pense que les vrais anarchistes les considèrent comme des crimes.

Pourtant, je les comprends ces compagnons acculés aux pires extrémités. Ils se sont aperçus que leurs vies et celle des autres avec les injustices, les drames et les iniquités ne sont que misère et souffrance. Alors, ils leur arrivent qu'ils ne croient plus à rien. Les mots auxquels ils croyaient : avenir, honneur, devoir, mérite, espoir, justice, amour et vérité devenaient l'apanage des forts et des riches. La réalité les révolte, il juge la société criminelle et ils la combattent en devenant eux-mêmes criminels. Ils se sont éloignés du socialisme social comme moi, ils se sont éloignés du socialisme libertaire comme moi et ils sont devenus des anarchistes qui passent à l'acte criminel, mais pas comme moi. Cela me révulse les innocents qui meurent, ce sont aussi des victimes.

Il est vrai qu'il y a dix ans, à mon retour de déportation, je croyais et je prônais l'exemple des nihilistes de Russie. Je croyais et je prônais leur exemple, mourir avec gloire et grandeur. Je croyais et je prônais que de faire sauter Paris permettrait de retrouver notre dignité, de conquérir notre liberté et de combattre cette société pour établir un monde nouveau. Je me laissais emporter comme d'habitude par ma fougue, mes rêves, mes espoirs, mon imagination, mes désirs, mon univers d'enfant. J'ai compris avec le temps, l'exil et la réflexion que mon arme à moi, c'est la parole, et que cela ne sera plus jamais la destruction. J'ai trop vu de taches de sang, d'attentats, de morts. Parler, enseigner, transmettre, éduquer, voilà mes armes !

Chapitre 23. 67 Charlotte Street, Londres, le 19 mars 1893.

Carnet de notes.

On a fêté l'anniversaire de la commune, ici à Londres, j'espère qu'un jour, on pourra le faire à Paris.

La soirée de commémoration a eu lieu au Grafton Hall. Des pièces de théâtre ont été données, des chants, des conférences, j'ai pris la parole, et cela s'est terminé par un bal. Les correspondants des journaux anglais et de quelques journaux français étaient présents.

1er mai 1893.

Nous avons manifesté pour la fête du Travail, ici à Londres. Quelle différence avec Paris. Ici, tout se passe dans le calme, et l'on peut manifester sans démonstration de force de la police. Pas d'arrestation, pas de coup de matraque, pas de provocations, pas de bagarres. On pourrait parler de tolérance, tant de la part des *policemen* que des manifestants. L'on se respecte. Il est vrai qu'ici en Angleterre, les anarchistes sont avant tout des éducateurs, et moins des révolutionnaires. Ils n'ont pas ici cette stratégie de la propagande par le fait insurrectionnel, ils ne veulent pas sortir du terrain légal. Je continue à propager l'idée de la révolution, de la révolte permanente, mais je me sens proche de cette idée de l'éducation qui seul à terme permettra de transformer cette société. C'est pour cela que j'ai ouvert cette école, mais que de difficultés pour rassembler l'argent nécessaire afin de la faire vivre.

Pour en revenir à notre manifestation *frenchie*, nous étions 1 500, drapeaux en tête, escortés par les policemen, presque affables. Nous avons atteint Hyde Park, j'ai prononcé un discours. Puis nous nous sommes dispersés, on aurait pu presque se croire à une fête. Oui la fête des Travailleurs !

14 novembre 1893.

Je suis partie à Paris, non pas pour rejoindre des amis, non pas pour accompagner un compagnon au cimetière, non pas pour prendre la parole, non tout simplement pour me soigner, je suis aphone. J'ai très mal à la gorge depuis quelques jours. Je me sens vieille.

10 janvier 1894.

Il s'appelle Mayer, il est juge d'instruction et a réquisitionné la police pour se saisir de toutes les lettres de suspects dont les noms sont cités et dont je fais partie. Ils me poursuivent même dans mon exil. Comme mon poète, qui se savait surveillé et épié. Ses lettres étaient ouvertes et détruites lors de ces dix-neuf années d'exil. Il avait fait la promesse de ne pas rentrer en France tant que l'Empire existait. Mais moi, je n'ai pas fait cette promesse, je pense revenir à Paris, et puisqu'ils veulent me mettre dans une liste de suspects et bien autant que je sois en France pour les combattre.

15 février 1894.

Encore des problèmes d'entente avec ma coauteure pour le roman des « *Misères* ». Quelques semaines après mon retour du bagne, j'avais été saisie par la passion d'écrire pour décrire ce que je ressentais. Je me mis à construire un roman sous forme de feuilletons. J'imaginais bien les nombreux rebondissements que me permettrait ce genre littéraire qui connaissait un réel succès. Mon imagination débridée pouvait s'accommoder aisément de ce genre populaire et accessible à tous. Décrire la condition des femmes et des hommes soumis à ce drame, mais voilà, je ne pouvais être satisfaite de Marguerite Tynayre, alias Jean Guêtré, qui amputait mes livraisons d'épisode de cette fresque en les modifiant de son écriture difficile, pesante et ampoulée.

Mais je lui laisse volontiers le soin de confier le manuscrit à l'éditeur Fayard, peu m'importe. Mais qu'elle ne vienne pas changer une ligne de mes écrits, des 50 épisodes que j'ai rédigés moi seule ! C'est à moi, ce sont mes mots à moi, mes personnages à moi, mon imaginaire à moi ! Je vais publier une lettre de protestation dans le journal de mon ami Rochefort. Je ne veux pas qu'elle s'occupe de mes affaires et qu'elle se serve de mon nom pour sa postérité idiote. Je ne veux pas qu'elle souille de son nom les drames que j'ai décrits dans ce roman.

6 Avril 1894.

On a arrêté Monsieur Cottée, le secrétaire de la salle des conférences du Boulevard des Capucines. C'est Lépine, le préfet de police du département de la Seine qui a organisé des perquisitions et des arrestations dans tous les milieux de l'anarchie. Elles font suite aux attentats de ces dernières années, notamment depuis celui de la bombe lancée par Auguste Vaillant dans la tribune de l'Assemblée nationale. Tous les journaux ont réclamé des lois d'exception. Les députés ont presque tous voté en masse pour ces lois maudites qui ont supprimé la liberté de la presse, fait juger les délits d'opinion en correctionnelle, inculpé tous les sympathisants au même titre que les activistes anarchistes, encouragé la délation et interdit toute propagande et de fait censuré tous les journaux de notre mouvement. Après ces votes, il y eut des milliers de perquisitions et des centaines d'arrestations, au point que cet homme innocent, Monsieur Cottée, qui n'avait aucune sympathie particulière pour l'anarchie, a été emprisonné. Pourquoi ? Eh bien on a retrouvé à son domicile une lettre de moi qui disait ceci : « *Excusez-moi auprès de votre Directeur, je ne pourrai pas faire ma conférence mardi prochain. Remettez-la mardi en huit. Salutations Louise Michel* ».

Cela a suffi pour une arrestation arbitraire après une dénonciation anonyme et vingt jours de détention. Il n'a été libéré qu'après avoir été interrogé par un juge et lui avoir précisé qu'il gardait les lettres reçues des conférenciers pour collectionner les autographes. Pauvre homme !

L'illustration décembre 1893. Attentat à l'Assemblée.

Quant à Édouard Vaillant, sa bombe n'a pas fait de morts, juste des blessés, ils l'ont condamné à mort, il a été guillotiné en février, malgré la demande grâce signée par des dizaines de députés. C'est la première fois depuis longtemps qu'un homme est condamné à mort sans avoir tué quelqu'un. Mon poète aurait été furieux et aurait vilipendé le Président Sadi Carnot[43] et le président du conseil Casimir-Perrier.

2 mai 1894.

Je suis admirative de Jaurès. Je ne partage pas ces idées de socialiste s'inscrivant dans une logique d'élection et de représentation du peuple, mais je dois dire qu'il a eu le courage de dénoncer le 30 avril à la tribune de l'assemblée, des liens suspects qui existent entre le pouvoir et les provocateurs de tous bords. Il leur a dit que le gouvernement surveille le crime avec des criminels recrutés, la misère avec des miséreux recrutés, et l'anarchie avec des anarchistes recrutés. C'est à l'occasion de la découverte chez un anarchiste, Marius Tournadre, de documents secrets et de fonds provenant de hautes autorités financières, dont Edmond de Rothschild et la duchesse d'Uzès. La presse de gauche s'est en fait l'écho, dénonçant ces provocateurs

---

[43] Tué en représailles le 24 juin 1894 par un anarchiste italien à Lyon.

financés par le pouvoir et les puissants. Cet homme est un provocateur qui s'est paré des habits de l'anarchie pour s'enrichir facilement. Ma grand-mère me disait qu'il fallait toujours se méfier de quelqu'un qui n'a pas d'argent et qui est sans Dieu ou sans idéal.

Notre mouvement semble attiré des sympathisants comme ce Paul de Cassagnac, ce député réactionnaire bonapartiste qui salue les attentats en les bénissant de sa prière de dévot et désigne la République du nom de « gueuse ». Inquiétant aussi toutes ces lettres retrouvées au domicile de ce même Tournadre provenant de nombreux prêtres et lui envoyant de l'argent. À croire que la religion se sert de nous pour abattre le régime, mais pas pour les mêmes raisons.

13 août 1894.

Le procès des anarchistes arrêtés depuis ces derniers mois s'est ouvert. La presse l'appelle déjà « le procès des trente ». Ils sont accusés d'association de malfaiteurs. Le procès a tourné au ridicule du pouvoir. Ils ont interdit la propagation et la diffusion des interrogatoires de Jean Grave[44] et de Sébastien Faure[45]. Cependant la presse a largement

---

[44] Journaliste rédacteur du journal « les Temps nouveaux » et anarchistes.
[45] Ancien soutien du Parti Ouvrier français et de Jules Guèdes, il devint fidèle aux idéaux du parti libertaire.

diffusé celui de Félix Fénéon[46], qui avec ses réparties a fait rire le public. Ils ont été pour la plupart été acquittés et pour trois d'entre eux, absents lors du procès, à de courtes peines de prison.

[46] Critique d'art et journaliste, il tourna en ridicule les magistrats.

Chapitre 24. 67 Quartier de Cambervell, Londres, le 25 février 1895.

Carnet de notes.

Je suis malade, gravement. Mes maux de tête sont fréquents, presque incessants, mais c'est surtout ma bronchite qui recommence. Mes poumons sont attaqués, mais pourquoi ? Il est vrai que je me suis mal soignée toute ma vie. Mais si je meurs, j'irai rejoindre mes proches, ceux que j'ai aimés et qui me manquent tant. Je ne crois pas dans la vie éternelle, mais je crois dans la pensée de l'amour.

2 mars 1895.

Je vais mieux. Mon médecin, le docteur Berre a levé l'interdiction de recevoir des visites. Je vais pouvoir me remettre à mon livre sur « l'histoire de la Commune ». Mon amie Charlotte Vauvelle m'a soignée avec dévotion et tendresse. Elle est la fille d'un ami, Auguste, un camarade typographe. Sa famille et moi, nous avions partagé le logement. La petite Charlotte, malgré son jeune âge, m'aide pour organiser mes conférences. Elle s'occupe des entrées, prend contact avec les organisateurs, je peux maintenant me reposer sur elle. Elle s'occupe aussi de mon budget, et c'est tant mieux. Je n'ai jamais pu m'en occuper sérieusement de

par mon incapacité à garder le moindre sou. Charlotte, c'est
« ma compagne de 15 ans».

8 novembre 1895.

J'ai annoncé mon retour en France. J'avais envie de revoir Paris, de revoir mes amis, de revoir mes lieux de jeunesse, mes lieux de lutte et d'engagement.

15 novembre 1895

Je suis arrivée à Paris par le train de Dieppe à la gare Saint-Lazare. Une foule nombreuse m'attend et tous mes camarades sont présents. Charlotte et moi sommes ovationnées. On me souhaite la bienvenue. On me parle de mes œuvres de bienfaisance, de mes conférences, de mes livres, de mes combats. Les journalistes me posent plein de questions toutes aussi saugrenues les unes que les autres. Des amis me protègent. L'attentat dont je fus victime, il y a maintenant près de dix ans, est encore dans leurs têtes. Mais il y a aussi la police et en nombre, commandée me dit-on par le commissaire divisionnaire Mouquin. On vient de se saisir d'un brave homme qui criait « vive la Commune ». Cela promet.

16 novembre 1895.

Ma première visite est pour mon ami Rochefort dans les locaux de son journal, « L'intransigeant ». Accompagnée de ma fidèle Charlotte, et de mon nouvel ami Sébastien Faure. Je l'ai rencontré à Paris avant mon départ pour Londres en 1888. À chaque séjour en Angleterre, nous nous sommes revus et avons évoqué l'idée de créer un journal, nous l'appellerons « Le libertaire », mais j'hésite encore[47]. Beaucoup de mes anciens camarades et de nouveaux ouvriers du faubourg sont venus, je me m'attendais pas à une pareille manifestation de sympathie. Des milliers de personnes sont venues pour m'apercevoir rue Montmartre, au siège du journal. C'est trop beau.

18 novembre 1895.

J'ai repris mes conférences à Paris et à travers la France, avec Sébastien Faure. Je prends la parole en premier, mais ma voix n'est plus très audible, je suis souvent enrhumé, faible, et je m'épuise.

[47] Finalement Sébastien Faure créera le journal seul. Celui-ci disparaîtra en 1914 de par ses positions antimilitaristes. Il paraîtra de nouveau de 1919 à 1940 puis après 1944 où des artistes comme Brassens, Ferré, Breton et Camus vont collaborer.

Chapitre 25. 15 rue d'Orsel, Paris, le 25 février 1896.

Carnet de notes.

Je suis dans les locaux du journal de Faure, si on peut appeler cela un local, cette cabane en bois situé dans la cour de l'immeuble, mais cela me plaît. Je vais écrire mes articles ici. Ils seront publiés.

On parle beaucoup de l'affaire Dreyfus. Cela m'intéresse peu, ce sont des affaires de militaires pour des militaires.

3 juillet 1896.

Lors d'une de mes conférences, on a arrêté deux hommes. Le premier Louis Vivier, dit « Pas d'erreur » a été condamné à dix-huit mois de prison pour incitation au meurtre et apologie de fait de crimes. Pourquoi ? Il a déclaré comprendre les attentats de Barcelone, s'est déclaré solidaire des camarades arrêtés en Espagne et espère que l'on ne va pas les condamner à mort, car là-bas c'est le garrot, ici c'est la guillotine. Est-ce une incitation au meurtre et une apologie de crime ? À la même réunion, on a condamné un homme à quinze jours de prison. Pourquoi ? Il était porteur d'un coup-de-poing américain et d'un couteau à cran d'arrêt. Est-il moins dangereux que le camarade

Louis Vivier qui ne portait aucune arme ? La justice a pensé que oui, l'anarchie provoque de lourdes peines.

11 Août 1896.

Je me suis vu refuser l'entrée du congrès socialiste ouvrier de Londres. Sous la houlette de Karl Marx et de sa bande de bourgeois sociaux-démocrates, ils excluent toute forme de contestation et refusent tous ceux qui ne pensent pas comme eux et qui n'admettent pas, les yeux fermés, leur dogme du collectivisme. Ceux-là mêmes qui autrefois voulaient le progrès et l'émancipation du peuple. Ils sont devenus plus intolérants que les partis bourgeois au pouvoir.

23 septembre 1896.

Toujours entourée de mon amie Charlotte Vauvelle, et aussi de son frère Achille qui vient souvent nous rendre visite, je comble également mes besoins d'être entourée d'animaux. De nombreux chats vont et viennent, accompagnés par les cris et les paroles de mon perroquet qui inlassablement répète « Vive l'anarchie ». Ma chienne Fathma, maintenant presque aveugle, me tient compagnie quand je ne suis pas sur les chemins de l'Europe pour mes conférences.

16 novembre 1896.

Ce soir, j'embarque pour New York. Je dois faire une série de conférences à la demande de nos camarades américains. Mon ami Sébastien Faure m'accompagne jusqu'au quai. Charlotte embarque avec moi, bien sûr en me veillant comme sa mère, non comme sa grand-mère. Je retrouve chez elle l'attention et l'amour que j'avais pour la mienne. C'est si loin maintenant.

14 décembre 1896.

Le mouvement anarchiste en Espagne a toujours été important. Dès 1869, sa fédération s'est opposée aux théories de Karl Marx et s'est opposée à l'exclusion de Bakounine[48] de l'Internationale socialiste. La répression qui s'est abattue sur nos camarades espagnols est inimaginable. Le gouvernement n'hésite pas à perpétrer des assassinats en les couvrant de la volonté de réduire une organisation criminelle « la mano negra » que nos camarades rejettent et disent ne pas connaître. Nous pensons tous qu'il s'agit de provocateurs de la police, qui n'hésitent devant aucun crime, aucun incendie, aucune violence. Cela a permis la strangulation de dizaines de paysans de la région de l'Andalousie et d'ailleurs.

---

[48] Grand opposant de Karl Marx, et théoricien du socialisme libertaire.

18 septembre 1897.

Arrivé en Belgique, je devais prendre la parole pour défendre les prisonniers de Montjuic, ce château de Barcelone, où nos camarades sont emprisonnés, torturés et exécutés[49]. Mais je ne puis le faire. La police belge est venue m'arrêter ce soir, juste avant la conférence. Ils m'ont emmenée en fourgon cellulaire avec Charlotte. Arrivée au commissariat, on nous a signifié notre expulsion immédiate et notre reconduite à la frontière. Ma seule consolation est d'avoir été expulsée de ce pays comme le fut mon poète il y a 25 ans, au moment où il défendait les hommes de la Commune et se proposait de les héberger à Bruxelles dans sa maison, alors que le gouvernement belge avait cédé à Thiers et à ses sbires pour les expulser. Des émeutes ont éclaté pour protester contre mon arrestation.

21 septembre 1897.

Il est faux de dire comme le prétendent les autorités belges que j'étais informée avant ma venue à Bruxelles d'un arrêté d'expulsion me concernant. Non, en aucune façon, ce n'est le soir même qu'un commissaire accompagné de

---

[49] Huit condamnés à mort furent exécutés dans les fossés du château le 4 mai 1897 après avoir été torturés. La mobilisation internationale permit de surseoir aux autres condamnations à mort qui étaient planifiées ;

plusieurs centaines de policiers nous signifia, à Charlotte, à mon ami Broussouloux qui m'accompagnait et à moi, que nous étions indésirables sur le sol belge. La résistance était possible, les milliers de citoyens présents voulaient s'y opposer. Mais j'ai horreur de l'effusion de sang, fût-ce pour les meilleures causes possibles[50]. J'exhortais donc le public au calme, en les priant de laisser faire la police. En prison, Charlotte et moi nous fûmes sous la pression cléricale. Des religieuses de la prison vinrent nous voir pour nous convertir. Elles nous expliquèrent qu'en nous faisant baptiser, elles pourraient intervenir en notre faveur et faire lever notre arrêté d'expulsion[51].

23 septembre 1897.

Je vais repartir ce soir pour Londres, cet hiver j'irai en Algérie pour une tournée de conférences, puis au printemps j'irai en Amérique. Je viens de terminer plusieurs écrits. Mon livre sur l'histoire de la Commune est enfin terminé. J'ai écrit un roman « Le siècle rouge » et rédigé un nouveau recueil de poèmes « À travers la vie et la mort ».

---

[50] Déclaration et témoignages par la suite dans les journaux français, ce qui démontre que « Viro Major » était rétive à toute forme de violence, à cette époque et ne cautionnait pas les meurtres et attentats de certains anarchistes.
[51] Anecdote authentique.

Je pars aussi pour ne pas m'opposer à mon ami Rochefort qui continue à être contre Dreyfus. Moi, je suis comme Sébastien Faure, les faits sont troublants, et si c'était une machination contre un officier juif pour le discréditer ?

Chapitre 26. Salle du Tivoli Vauxhall[52], Paris, le 15 janvier 1898.

Mon ami Faure a maintenant pris fait et cause pour Dreyfus condamné au bagne pour intelligence avec l'Allemagne. Lors des conférences que nous continuons à faire à travers l'Europe et maintenant le monde, il m'a expliqué les faits.

En 1894, le service de contre-espionnage de l'armée a saisi un document en provenance de l'ambassade d'Allemagne où il semblait qu'un officier de l'état-major français trahissait le pays moyennant de l'argent. Les soupçons se portèrent sur le capitaine Dreyfus dont l'écriture ressemblait à celle de la lettre dérobée. Il fut arrêté rapidement jugé et condamné pour trahison par un tribunal militaire avec des preuves qui étayaient les accusations. Il fut déporté au bagne de Guyane. La plupart des journaux de France vilipendèrent cet homme et les sentiments antisémites de nos compatriotes ne firent qu'accroître les accusations et les insultes contre cet homme. Mon ami et frère Rochefort firent partie des plus virulents. Son journal,

---

[52] Salle de spectacle du 10 arrondissement, elle servira à des réunions politiques lors de la Commune de Paris.

« l'Intransigeant » n'était pas en reste pour porter des accusations.

Sébastien Faure m'expliqua qu'au début de cette affaire, il ne s'y intéressa pas et n'en parla pas dans son journal. Un homme Bernard Lazare, journaliste et proche de nos idées lui envoya des écrits qui le firent douter. Juif et militant contre l'antisémitisme ambiant, il apporta à Faure des faits troublants qui le poussèrent à publier dès la fin de 1896, un article de fond pour démontrer l'illégalité du procès de Dreyfus. Des faits nouveaux vinrent alimenter ce doute. Le nouveau chef de service du renseignement, Picquart intercepta un document prouvant que l'espion était toujours en activité après la détention de Dreyfus. Les soupçons se portent alors sur un autre officier Esternazy, proche, de par sa famille, de l'Allemagne. On découvrit que le dossier de l'accusation contre Dreyfus était vide de preuves, et Picquart, désavoué par l'armée, fut muté au loin dans les colonies. On apprit qu'à la fin de 1896, des « preuves » avaient été rédigées par un officier de l'état-major, le colonel Henry, l'adjoint de Picquart, afin de le discréditer et conforter l'accusation contre Dreyfus. L'affaire était née. Arrêté au début de ce mois, Esternazy est jugé par un tribunal militaire, le huis clos est exigé par l'armée, et il est acquitté de suite[53]. Zola, Péguy, Clemenceau et bien d'autres prennent faits et causes pour l'innocence de Dreyfus, soupçonnant l'état-major d'avoir « fabriqué » cette affaire. Faure a exprimé alors sa solidarité avec les écrivains et les politiques dreyfusards. Il considère que cette affaire devient une affaire d'État qui couvre des officiers malhonnêtes.

Aujourd'hui, je participe avec d'autres camarades, à cette réunion publique[54] pour dénoncer l'infamie des huis clos de cette enquête militaire et les délirantes accusations de la hiérarchie militaire. Cela nous vaut de la part d'autres compagnons, bien des anathèmes d'exclusion, notamment Grave[55] et Pouget[56]. Pour moi, ce fut presque une rupture avec Rochefort.

Mais que nos amis relèvent donc une seule parole, un seul acte qui ne soit pas conforme avec nos idéaux. Ces excommunions sentaient trop le même sentiment diffus de haine des juifs. Mon ami Faure décida alors de publier un long article sur « les anarchistes et Dreyfus ».

Il décrivit les torrents de haine que suscita cette affaire dans les derniers mois. En ce qui me concerne, les

---

[53] Esternazy fit des aveux complets en 1899, réfugié alors en Angleterre.
[54] Réunion du 15 janvier 1898 au Tivoli avec d'autres intellectuels libertaires.
[55] Fondateur du journal « le Révolté ».
[56] Fondateur du journal « le Père peinard ».

explications de Faure ne m'avaient que partiellement convaincu, mais par la suite, les articles et déclarations des affidés du pouvoir bourgeois sur « l'honneur de l'armée », « l'amour du drapeau », « le respect de la chose jugée », et la guerre aux « sales juifs » finirent par me convaincre de la justesse de mon engagement en faveur de Dreyfus. Il est vrai que je me désintéressais complètement de l'honneur de ce capitaine qui représentait l'armée de la bourgeoisie, mais maintenant je m'intéresse à l'innocent persécuté que l'on a condamné injustement, sur des preuves inexistantes ou inventées. Lutter contre l'injustice, contre les tribunaux militaires, contre les huis clos de la hiérarchie militaire, contre les fanatiques religieux ou patriotiques, contre l'infamie des officiers galonnés qui se déshonorent de par leurs mensonges et leurs attitudes d'affidés du pouvoir, alors oui, je prends faits et causes. Mon seul regret est de ne pas l'avoir fait avant.

Chapitre 27. 35 Huntley Street, Londres, le 16 février 1898.

Recueil de notes.

Je suis répartie à Londres. La polémique sur l'affaire Dreyfus ne cesse de s'accroître et je suis lasse de tant de haines et d'invectives. Ici je me sens apaisée. Lors de mes discours pour la vérité sur l'affaire Dreyfus, la salle criait « À bas Rochefort ». On se bat dans les rues de Paris, pour ou contre.

Je me souviens de mon arrestation en mai 1871. J'étais sur la barricade, mais je ne me souviens plus du nom de la rue, nous étions que trois à la défendre, les autres étaient morts. Voyant venir des gardes nationaux, je me précipitais vers eux, mais c'était des versaillais déguisés. Ils me jetèrent à bas du trottoir. Je me suis relevée et j'ai pris la fuite. Ils m'ont tirée à bout portant, mais m'ont manquée. Le lendemain je suis allée voir ma mère, ils l'avaient arrêtée pour la fusiller à ma place, avaient-ils dit aux voisins. Alors je suis allée me rendre pour sa liberté. Ils n'ont pas fait de difficultés, trop contents de m'avoir dans leurs geôles. Pauvre mère que ne lui ai-je fait subir !

Je suis de plus en plus seule, avec mes souvenirs, ceux de mon enfance, ceux de mes disparus, ceux de ma jeunesse, ceux de mes luttes. Je perds parfois le fil de la réalité. Je suis dans un mélange de vie réelle passée et actuelle, confondant les dates, les lieux et les personnes. Mon univers est maintenant peuplé par les êtres chers qui m'ont quitté, parfois depuis bien longtemps. C'est peut-être cela la vieillesse.

14 avril 1898.

J'ai crée avec d'autres compagnons, une colonie, un asile des proscrits de Londres. Le but humanitaire est de créer un endroit de paix où les exilés de tout pays pourraient trouver un refuge dans cette terre hospitalière d'Angleterre. Pour acheter le terrain, il nous faut cent livres, j'ai lancé un appel dans les journaux. Pour le reste, on va se débrouiller par nous-mêmes. On fera les installations et les travaux nécessaires pour construire l'abri. Je suis devenue la secrétaire permanente de cette association. Puisse le souci d'humanité perdurait dans ce monde en chaos qui se meurt.

Pourquoi donc, ce souvenir de mon départ du champ de mars dans les premiers jours du mois d'avril 1871 me revient. Je me revois avec le vieux Moreau. Nous pensions aller jusqu'à Versailles pour battre les réactionnaires et traîtres à la patrie du gouvernement de Thiers. Je me souviens de tous les mensonges inventés pour ne pas inquiéter ma mère. Je lui avais dit que je faisais partie d'une ambulance, et j'avais dans ma poche des lettres toutes prêtes à poster pour lui donner des nouvelles rassurantes. Comme je l'aimais et comme je m'en veux encore de lui avoir fait subir tous ces moments de détresse et d'inquiétude.

13 décembre 1898.

La rupture est scellée. Tous ses anciens amis se sont éloignés de lui. Moi j'ai mis plus de temps, je suis fidèle en amitié comme en amour. Lui, c'est Henri Rochefort, il était mon ami, mon frère, mais ses prises de position pour le général Boulanger, contre Dreyfus et les juifs, son rapprochement avec les nationalistes de tous bords et les rangs des extrémistes de droite, qu'il a rejoint dans cette « ligue des patriotes ». De républicains modérés lors de la création (mon poète en faisait partie), ils sont devenus des antiparlementaires, antisémites et xénophobes. Ils veulent jeter à bas cette République et redonner le pouvoir, tous les pouvoirs, au peuple, mais ils veulent que l'armée prenne ce pouvoir. Comment croire que celle-ci n'installera pas une dictature encore plus féroce ?

« L'intransigeant » a mis l'anathème sur mon ami Sébastien Faure. On le décrit comme un anarchiste de pacotille, plus prompt à s'enrichir que de défendre nos convictions. On le décrit comme un impresario de l'anarchie, prêt à exhiber une troupe d'acrobates comme moi, lors de ses conférences en faveur de Dreyfus. On ne me nomme plus « notre amie Louise Michel », mais « la vierge rouge », les mêmes mots que les journaux réactionnaires. Vierge parce qu'on le pense, rouge parce que c'est une insulte, les deux mots ensemble pour me décrire comme une pauvre femme incapable d'aimer, et d'être aimée. On indique avec perfidie qu'aucun argent de ces conférences ne me fut donné par Faure pour revenir à Londres et payer mon billet, alors que c'est moi qui avais refusé afin que tout l'argent revienne au comité de soutien. Quelle infamie ce journal ! Quelle infamie écrite par ce journaliste Charles Roger, sous la dictée de Rochefort ! Écrire que pour repartir à Londres, je dus faire appel à la bourse d'amis obligeants. Comme il se décrit bien dans ses mots Henri Rochefort. J'ai donné ordre à Charlotte de ne plus faire appel à sa « générosité », je ne m'occupe jamais de ces problèmes d'argent, j'en suis incapable. Ces dernières années, lors de la journée de mémoire que nous organisions au Père-Lachaise, devant le mur des Fédérés, il a été en proie aux quolibets de nos partisans qui ne le reconnaissaient plus comme l'un des leurs.

Il me revient en mémoire que je dérobais l'argent de mon grand-père pour le distribuer aux pauvres, il fermait l'armoire, mais je laissais de petits billets en place de ce que j'avais pris : *« Vous avez la serrure, mais j'ai la clef »*.

Aujourd'hui ils ont toujours la serrure, mais je n'ai plus la clé.

18 mars 1899.

Vingt-huit ans à pleurer nos morts et à se souvenir. Cette année, la commémoration à Paris est importante. Elle a été organisée par le parti républicain socialiste français, fondé par Rochefort et d'autres blanquistes antidreyfusard. Ils sont farouchement patriotes, mais ils ne proposent rien et disparaîtront en organisant ces manifestations pour célébrer la Commune et les chefs défunts comme Blanqui et Eudes[57]. Moi, je suis resté à Londres, et nous avons célébré nos martyrs. Ici peu nous chaut l'officier Dreyfus, les prolétaires anglais pensent que ces diables de Français sont encore dans une de leurs querelles insensées qui ne fera pas avancer la cause[58].

Cela me rappelle le moment où je suis rentrée de déportation. Je trouvais un peu vaine les querelles de l'époque, plus préoccupée par la maladie de ma pauvre mère qui se dépérissant de ne plus me voir durant tant d'années. Elle se mourrait et si je n'étais pas revenue, elle serait morte avant la fin de l'année. Elle continua à vivre

[57] Émile Eudes, membre de la Commune, journaliste et partisan de Blanqui.
[58] Et cela n'a pas changé depuis plus d'un siècle.

durant quelques années de plus et c'est moi qui l'ai couchée dans le cercueil en janvier 1885. Elle m'avait aidée à coucher Marie Ferré trois ans plus tôt, la sœur de mon amour, dans le sien. Toutes les deux ont été couchées l'une avec un châle rouge, l'autre avec une couverture rouge. Après on me demande mon avis sur des choses qui me paraissent futiles parfois inutiles. J'ai aussi enfermé mon cœur sous la terre. Je me souviens aussi de l'année après mon retour, nous avons transporté la dépouille de mon amour dans le tombeau de sa famille, enveloppé dans un drapeau rouge, accompagné par tant d'amis. J'y ai enfermé un bouquet d'œillets rouges. Pourtant j'ai continué à lutter, fidèle aux principes pour lesquels en mourant, je pourrais les rejoindre dans cet univers sombre.

15 avril 1899.

De nouveaux des attaques perfides sur Faure et les dreyfusards. Je suis décrite comme une pauvre femme, incapable de comprendre que l'on me manipule dans un combat que je ne comprends pas. Mais que cela soit bien dit et écrit, je ne regrette pas de m'être engagé plus avant dans cette lutte contre des imposteurs et des menteurs. En février, une commission de justice criminelle a rendu public le fait que le dossier d'accusation est totalement vide. L'état-major militaire a construit un dossier à charge sur des mensonges.

On s'achemine vers une révision du procès. Des témoins nouveaux ont été entendus et affaiblissent encore la « version officielle ». Les antidreyfusards utilisent maintenant toutes les vilenies possibles pour nous affaiblir. On indique ce que j'aurai demandé à Rochefort pour prendre mon billet, 100 francs. Son journal, sous la plume de son journaliste, imite les journaux de la réaction. Où est passé l'argent des conférences et interventions de Faure ? Pourquoi je n'ai pas eu l'argent nécessaire pour prendre mon billet et demander à « un ami » l'argent pour le prendre ? Mais « cet ami » m'a toujours « prêté » de l'argent que je n'ai jamais rendu. Je ne m'en suis jamais caché. Toutes les recettes étaient reversées aux groupes révolutionnaires. Il le sait. Son journal utilisait mon nom et ma pauvre notoriété pour se vendre. Les publications des romans en avant-première de « notre amie Louise Michel », « notre grande révolutionnaire Louise Michel», « notre camarade de Londres Louise Michel » leur permettait de faire de la réclame. Que de fois, je fus cité dans leurs éditions. Pour le reste, je ne m'occupe pas d'argent, ni de ce qu'il me donne pour mes billets, ni des droits d'auteur que je ne touche jamais pour mes romans publiés dans leur journal.

Je sors de mes papiers personnels, ce fragment de journal qui date de novembre 1871. Il raconte les derniers instants de mon amour. C'était au camp de Satory, dans les premiers flocons de neige de novembre. Comme j'aurai aimé, y avoir ma place à côté de lui. Je relis pour la millième fois. « *Les condamnés sont vraiment très fermes, Ferré, adossé à son poteau, jette son chapeau sur le sol. Un sergent s'avance pour lui bander les yeux ; il prend le bandeau et le jette sur son chapeau... Les trois condamnés restent seuls. Les trois pelotons d'exécution qui viennent de s'avancer font feu. Rossel et Bourgeois sont tombés sur le coup ; quant à Ferré, il est resté un moment debout et est tombé sur le côté droit. Le chirurgien major du camp se précipite vers les cadavres. Il fait signe que Rossel est bien mort et appelle les soldats qui doivent donner le coup de grâce à Ferré et à Bourgeois... »*

Il m'avait écrit les dernières paroles prononcées pour sa défense durant son procès. « *Membre de la commune, je suis entre les mains de ses vainqueurs. Vous voulez ma tête, prenez-la ! Je n'ajoute qu'un mot, la fortune est capricieuse, je confie à l'avenir le soin de ma mémoire et de ma vengeance* ».

Chapitre 28. 35 Huntley Street, Londres, le 26 octobre 1899.

Recueil de notes.

Aujourd'hui, le journal de Rochefort publie des morceaux choisis du recueil de mon poète. Il avait appelé cela « Choses vues ». Cela n'a été publié qu'après sa mort. Les passages sont ceux du siège durant l'hiver de 1870. Je suis cité dans ses notes.

« J'ai appris l'arrestation de Louise Michel. J'ai fait ce qu'il fallait pour la faire libérer. J'ai écrit au préfet de police. Elle est sortie ce matin. Elle est venue me voir pour me remercier. Je l'ai appelée Viro Major[59]. Elle m'a regardé surprise, a baissé la tête comme elle le fait quand elle est bouleversée. Je lui ai lu la première lettre qu'elle m'avait envoyée il y a plus de vingt ans, je l'avais gardée précieusement. Je lui ai répondu quelques jours plus tard, et nous avons continué à correspondre. Elle me disait souvent, « si je ne vous écrivais pas, je ne pourrais pas supporter la vie ». Elle signe maintenant souvent ses œuvres, sous le nom d'Eljoras, le personnage fictif que j'ai créé dans les « Misérables ». Le chef du groupe

[59] Plus grand que l'homme, il en fit un poème en décembre 1871.

révolutionnaire que fréquentent Marius et ses amis
républicains pendant l'insurrection de juin 1832. Eljoras,
celui que j'aurai voulu être en décembre 1851. Eljoras,
celui qu'elle est, plus grande que l'homme ».

Tout enfant, je lui avais envoyé des vers. Et j'ai continué toute ma vie, puis des lettres, et c'est vrai il m'a répondu et nous avons continué à nous écrire. À mon retour de déportation, je ne l'ai pas revue, j'ai arrêté de correspondre avec lui et j'ai cessé de lui envoyer des vers. À quoi bon ? Pourquoi faire ? Mon poète était fêté par tous, y compris par ceux qui ne le fêtaient pas avant. Je n'avais nul besoin d'assister à ses jours heureux, je n'avais nul besoin de lui montrer mes jours malheureux.

10 décembre 1899.

Je suis de retour à Paris pour deux jours, deux jours et deux conférences. La première sera sur le thème de la paix entre les peuples, la seconde sera sur le sujet de la traite des blanches. J'aborde moins les thèmes que je privilégiais après mon retour de Calédonie, il y a vingt ans, la révolution, l'anarchie, la Commune. Pourtant, je me sens toujours une âme de révolutionnaire. À cette époque, nous habitions avec mon amie Marie et ma mère le 24 de la rue Polonceau[60]. J'étais heureuse et j'avais presque peur de ce bonheur. Je le sentais si fragile. Des amies venaient voir ma mère tous les jours. Elles discutaient ensemble et Marie assistait à ces réunions où elles avaient entre elles ces petites attentions qui font le bonheur des gens simples. Mais tout cela est passé. Après il me resta ma mère et la révolution. Maintenant, il ne me reste même plus la révolution.

15 décembre 1899.

Finalement, je suis restée plus longtemps. On m'a demandé de lire mes poèmes dans cette salle de conférences de la Bodinière[61]. Pourquoi donc suis-je si timide pour le faire ? On a insisté et on m'a demandé pourquoi je n'avais jamais publié à ce jour mes poésies en dehors de ceux dédiés à « Mes frères de la commune », écrits dans ma prison, il y a si longtemps. J'aurais tant voulu que l'humanité toute entière soit poète pour que disparaissent la vanité et la brutalité humaine.

Je me souviens de la prison de Versailles, là où des souris avaient fait leur apparition. Une nuit, un petit cri se fit entendre, si plaintif qu'il eut fallu un cœur de pierre pour ne pas aider cet animal sans défense. Ce que je fis. Elle vint

---

[60] Dans le quartier de la Goutte d'Or, XVIII ième arrondissement.
[61] Elle était située au 18 de le rue Saint-Lazare dans le IX ième arrondissement.

alors me voir effrontément tous les jours jusque dans mon lit, manger des morceaux de pain que je lui donnais. Lors de mon départ, elle n'était pas près de moi. Je ne pus la mettre dans ma poche pour l'emmener. Je ne sus jamais de qu'elle devint, mais je m'étais aperçue qu'elle était un animal très intelligent, beaucoup plus que des humains que j'ai connus.

Pourquoi n'ai je pas publier plus de poèmes ? Parce que je ne trouve pas de grâce et de force dans ceux-ci, impossible de lutter contre la beauté magique de ceux de mon poète !

19 décembre 1899.

Je retourne à Londres. J'ai toujours dans mes bagages, les aiguilles à tricoter que ma mère m'avait envoyée pour faire des tapisseries lors d'un de mes séjours en prison, quelques mois avant sa mort. Je ne les ai jamais utilisées, mais je les garde précieusement. Peut-être qu'un jour, je vais lui obéir et je lui ferai les tapisseries avec une vue sur la mer qu'elle me réclamait, elle qui ne l'avait jamais vue. Dans sa dernière lettre qu'elle avait dictée pour moi en novembre 1884, elle me disait :

– Ma chère fille,

Ne te tourmente pas, je ne vais pas plus mal, ce qui me fait de la peine, c'est que tu t'inquiètes toujours. Je t'envoie des soies et des aiguilles, fais tes tapisseries. Tu feras les vues de la mer dont je t'ai parlé. Ne fais pas de tricots pour moi, j'en ai assez. Il ne me faut plus rien, on dépense déjà trop pour moi. Surtout, ne te tourmente pas. Je t'embrasse de tout cœur.

Elle mentait, elle était au plus mal.

26 octobre 1900.

Les années passent et se ressemblent. Malgré ma fatigue et mes problèmes de santé, je continue mes conférences, aidée en cela par mon amie Charlotte. Il m'arrive souvent en remontant le fil de mes souvenirs de retrouver la même forte sensation de douleur, de tristesse et de révolte pour les animaux que l'on tue ou que l'on fait souffrir. Dans mon enfance, je me souviens encore d'une oie que l'on avait décapitée et qui marchait encore, le cou sanglant et des taches de sang sur les plumes. Cette scène eut pour moi des conséquences importantes. J'étais toute petite, on me tenait encore par la main. Je retrouve cette impression tout au fond de moi, même après tant d'années pour les animaux que l'on martyrise et pour les condamnés que l'on tue. Sentiment d'horreur, d'impuissance que j'ai essayé de combler par de petits actes que l'on m'a parfois reprochés. Notamment sur une barricade à Neuilly, où faisant le coup de feu contre les versaillais, je me mis à courir avec promptitude au secours d'un chat en péril. La malheureuse bête était blottie dans un coin d'obus et appelait pour son secours, comme un être humain. Alors, oui, j'ai abandonné mon poste, je l'ai pris et l'ai mis en sûreté quelques pas plus loin, avant de rejoindre mon poste. Je l'ai ensuite recueilli.

Chapitre 29. 35 Huntley Street, Londres, le 18 mars 1901.

Trente ans, nous sommes dans ce nouveau siècle et déjà trente ans que mes compagnons sont morts. Triste anniversaire que je passe seule. Je n'ai plus beaucoup la force pour me déplacer. Je continue bien sûr mes conférences, mais moins souvent. Ma voix porte moins, je sais que l'on doit tendre l'oreille pour écouter mes paroles. Toujours ma bronchite qui me poursuit hiver après hiver. Je me sens usée, vieille et inutile. Je passe souvent ma journée au coin du feu ou près de la fenêtre à regarder ce ne sait quoi. Cependant des images défilent devant mes yeux. Je ressemble à ma mère qui a passé les dernières années de sa vie au quatrième étage d'un immeuble boulevard d'Ornano à attendre que je sorte de prison. Son lit était près du corridor d'entrée. Elle m'attendait. Au-dessus de la commode, il y avait un grand portrait de moi peint par une dame. Combien de fois a-t-elle le regard porté sur celui-ci ? Avant son immobilité dans le lit, et tant qu'on lui fit croire que je ne resterai qu'un an en prison, elle restait à sa fenêtre. C'était là aussi qu'elle m'attendait lors de mes nombreuses tournées de conférences, mon amie Camille Bias[62] près d'elle. C'est au milieu de l'année 1884, qu'elle ne se mit plus à la fenêtre. Elle savait alors que j'avais été condamnée à une lourde peine. La douleur que je lui avais infligée de façon involontaire était trop forte. Ma pauvre mère, c'est le passé. Personne ne peut revenir en arrière et on ne réveille pas les morts.

Lorsqu'on m'a autorisé à la rejoindre pour ses derniers jours, sa joie était immense. Elle est morte quelques jours après et lorsque je descendis l'escalier le matin du jour de sa mort, j'ai songé à sa douleur et à sa peine de ne pas m'avoir vue durant deux années à la fin de sa vie. Deux longues années où je l'avais abandonnée. Mon temps est bientôt fini. Il faut maintenant me laisser en paix avec mes souvenirs, je ne réponds plus aux lettres et aux sollicitations.

Je revois Vroncourt et le château de mon enfance. Ce petit village perché au sommet de cette colline boisée. Le clocher de l'église un peu oblique, balayé par les vents d'automne et les tours de mon château où je fus si heureuse. J'ai peu parlé dans mes mémoires de mon départ de celui-ci avec ma mère. Mes grands-parents, décédés, mon père mort, sa veuve n'eut pas beaucoup de pitié. Jalouse de la position que j'occupais dans le pays, où l'on m'appelait,

---

[62] Pseudonyme d'une auteure de romans populaires et amie de Louise Michel.

Mademoiselle Demahis du nom de mes grands-parents et de la somme d'argent que l'on m'avait léguée, elle me signifia l'interdiction de porter ce nom et nous jeta à la porte de la demeure familiale. C'est peut-être à cause ou plus exactement grâce à cela, que je voulus entrer dans l'enseignement et pris des cours pour devenir institutrice.

Chapitre 30. 35 Huntley Street, Londres, le 24 mars 1904.

On me dit mourante. C'est vrai que je suis plus bien vaillante. Mon amie Charlotte fait tout pour me soulager et s'occuper de toutes les tâches matérielles et domestiques. Congestion pulmonaire ! Des mots vides de sens pour moi ! C'est mon heure, et aucun mot ne pourra changer cela. Elle m'a dit avoir reçu un peu d'argent de mon ami Rochefort qui a renoué avec moi, envoyé pour me soigner. J'ai voulu l'employé à acheter quelques livres. Elle m'a grondée pour la première fois.

J'ai consacré ma vie à une cause qui m'a dépassée. Pas d'égoïsme, pas d'individualité, pas de recherche égoïste du bonheur, il faut vivre pour l'humanité et pour le progrès humain et social.

La République auquel j'aspirais pendant l'Empire, je la voyais sociale et égalitaire. Son origine latine me plaisait « res publica », « affaires publiques », je voudrais tant maintenant la transformer en « res socialis », « affaires sociales », la Résociale, cela me va !

Dans la dernière lettre que Théophile ferré m'avait envoyée de sa prison vers la mienne, il m'écrivait : « En France, il y a trop de républicains pour qu'il soit possible de rétablir une monarchie. Si mes prévisions sont justes, dans quelques années, ceux qui vivront verront de grands changements. Je souhaite que vous soyez parmi ceux-là ».

C'est pour cela que j'ai continué à vivre après sa mort.

Chapitre 31. Rue de Marengo, Toulon, le 16 mai 1904.

Carnet de notes.

J'ai rédigé mon testament. Je laisse le soin à mon amie Charlotte de se charger de mon enterrement civil. Lors de ma dernière maladie en mars, j'étais à l'agonie, mais je voulais continuer à vivre. Je pensais que l'on était près d'une grève générale en France, et je ne voulais pas mourir, je voulais y participer. Fin mars, on me donnait pour morte, on invitait mes amis à venir me voir dans cette ville de Toulon où je devais parler. C'était une question d'heures, disait-on. Fin avril, j'étais tirée d'affaire, certainement grâce aux bons soins du bon docteur Bertholet et aux gestes attentionnés de Charlotte. Que de rêves mêlés à d'étranges souvenirs durant ces semaines où j étais proche de la mort.

Je me revoyais fabriquer un œillet rouge avec mon écharpe, et l'envoyer à Théophile. Il m'avait remercié de cette attention qui l'avait touché. C'est pour cela que lors du déplacement de son cercueil, j'ai mis un bouquet de cette fleur dans son linceul.

7 mai 1904.

J'ai fait ma première sortie en ville, au bras de Charlotte. Le soleil est présent et me fait grand bien.

Je me souviens que c'était la seule chose qui me manquait, le soleil, quand j'étais derrière les murs de la prison de Saint-Lazare et surtout de Clermont. L'heure de promenade par jour ne comblait pas ma soif de lumière. C'est dans cette prison de femme que je pus comprendre la misère et la déchéance des femmes. C'est pour cela, qu'après je fis souvent des conférences sur la traite des blanches et la prostitution. Mes camarades anarchistes ne comprenaient pas, me reprochant de « perdre mon temps » si précieux pour la révolution. Mais qu'offre-t-on à ces pauvres filles ? La révolution va-t-elle améliorer leur sort ? Va-t-elle supprimer les souteneurs et les clients ? Va-t-elle supprimer changer le regard de la société sur la condition des femmes ? Va-t-elle enfin considérer que les deux sexes sont égaux, qu'il n'existe pas un sexe fort et un sexe faible ? Va-t-elle donner la même éducation pour tous et donner les mêmes chances pour faire des études et étancher la soif de connaissance que chaque individu possède ?

20 mai 1904.

Me voici de retour à Paris, je ne pensais pas revoir les rues de la capitale. Je ferai une conférence sur le thème de la mort, je l'ai vu de si près.

Je ne suis plus inquiétée par la police, on ne me surveille plus. Je ne sais si cela est une bonne chose, mais je suis tranquille. Cette surveillance qui fut ma compagne de tous les instants depuis mon retour de Nouvelle-Calédonie n'existe plus. Même à Londres, je l'étais par les agents du gouvernement français. Quand je dis surveillée, je devrais dire persécutée. Dès la nuit tombée, je voyais des ombres passer près de la demeure. Un jour, on introduisit un faux paralysé qui me demanda l'aumône, essaya de m'empoisonner et fut condamné par la justice anglaise. Une autre fois c'est le policier français qui fut condamné à trois ans de prison pour avoir essayé de me tendre une embuscade dans un des quartiers de Londres. Je m'en tirais toujours par je ne sais quel miracle du sort. Mes ennemis étaient pris eux-mêmes à leurs propres pièges. Je pense que la police de Londres devait me surveiller, non pour surprendre mes actes ou connaître mes déplacements, mais pour me protéger. Un jour, je vis débarquer les « *policemen* » chez moi et fouiller la maison et surtout la cave. J'eus la surprise de découvrir un appareil de fausse monnaie qui ne s'y trouvait pas la veille. En inspectant avec soin la pièce, ils découvrirent un papier laissé par l'homme qui voulait me compromettre qui indiquait le nom d'un commerçant qui avait vendu certaines pièces. Le policier français, coupable de cet acte, fut condamné à de la prison pour dénonciation calomnieuse. La sûreté française niait à chaque fois être à l'origine de ces provocations.

Je dus souvent me déguiser pour entrer dans les salles de conférences en France pour ne pas être arrêtée avant même ma prise de parole. Maintenant, je peux me promener tranquillement.

13 septembre 1904.

Après de nombreuses années où l'on me pressait de la faire, je suis initiée à la franc-maçonnerie[63]. J'avais été invité il y a quelques mois à la loge « Fraternité universelle » pour y prononcer une conférence. Des membres m'avaient tout de suite coopté. Ils m'avaient demandé d'adhérer, j'avais accepté et avais été initiée à la loge « La philosophie universelle » qui accepte les femmes. Charlotte avait aussi été initiée le même jour. Je leur fis une déclaration le lendemain.

– Il y a longtemps que j'aurais été des vôtres si j'eusse connu l'existence de loges mixtes, mais je croyais que, pour entrer dans un milieu maçonnique, il fallait être un homme.

10 janvier 1905.

Je me sens faible. Je voulais faire une série de conférences en Algérie, mais ici, à Marseille, je suis pris de nouveau par cette mauvaise toux et les douleurs dans la

[63] Lors de ses funérailles, des insignes maçonniques furent déposés dans le cercueil.

poitrine. Je suis alité depuis quelques jours. Je sais que je vais partir. Partir pour un pays et des rivages dont on ne revient pas.

Je peux maintenant dévoiler mon testament que j'ai rédigé il y a quelques mois : « *Je soussignée, Louise Michel, déclare confier à Charlotte Vauvelle, ma compagne depuis quinze ans et à mes camarades de lutte, pour les mettre à exécution mes dernières volontés, qui sont d'être enterrée sans aucune cérémonie religieuse de quelque sorte que ce soit, au cimetière de Levallois-Perret dans le caveau de ma mère, où il y a une place pour moi* ».

FIN

Annexe : Victorine Michel, fille de Louise Michel ?

L'enfant, une fille naît le 15 mai 1852, neuf mois après la première rencontre de Louise Michel et de Victor Hugo à Paris. Elle voit le jour dans le département de la Manche, à Octeville.

La sage-femme Madame Truffert, la place dans la famille de Jean Eugène et Françoise Michel, même nom que Louise. Elle est déclarée à la mairie comme l'enfant légitime. Elle sera l'unique enfant du couple. Jamais elle ne sera évoquée par Louise Michel, mais à sa mort en 1905, on retrouve une photo d'une petite fille de sept à huit ans.

La ressemblance est troublante et l'on pense qu'il s'agit de Louise Michel jeune. Mais celle-ci est née en 1830, la photographie, et son ancêtre le Daguerréotype, vient à peine d'être découvert par Daguerre. Il fixe une image avec de l'eau chaude fixée par des sels et de la vapeur de mercure. Cette découverte est présentée à l'Académie des sciences le 7 janvier 1839. C'est à partir de 1850 que l'on fixe des portraits de personnes, notamment par le photographe Nadar, ami de Victor Hugo et de ses fils. Il ne peut donc s'agir d'une photo de Louise Michel enfant, mais bien d'une photo présumée de la petite Victorine.

De nos jours, un journaliste, Yves Murie, après une enquête sérieuse, raconte dans un livre : « *Victorine, le grand secret de Louise Michel* », le secret de sa famille qu'on se transmettait de génération en génération. Si l'on en croit un des admirateurs et compatriotes de la Haute-Marne de Louise Michel, Arthur Daguin étudiant à Paris vers 1868 et plus tard historien dont l'auteur a retrouvé les archives, la rencontre entre Louise Michel et Victor Hugo ne se passa pas comme elle le pensait. Elle n'ose pas résister au grand homme, séducteur impénitent, et finit par lui céder. Elle quitte Paris, se réfugie dans son village. Puis c'est le mystère.

D'après l'auteur, un grand nombre de documents et lettres concernant cette période de la vie de Louise Michel ont disparu. Découvrant qu'elle est enceinte, elle ne veut pas que sa fille subisse comme elle le destin d'une bâtarde, contrainte aussi de préserver la réputation de Victor Hugo, Louise Michel prend la décision de placer sa fille, à qui elle donne le nom de son « poète »Victorine. Le bébé est accueilli par une famille de Basse-Normandie qui porte le même nom que sa mère naturelle, les Michel.

Outre la disparition des documents de l'époque, Yves Murie se demande pourquoi Louise Michel a toujours ignoré la Basse-Normandie dans ses nombreuses tournées, pourquoi ce prénom de "Victorine", pourquoi, enfin, ces "pieds palmés", cette marque de famille d'origine génétique que l'on retrouve de génération en génération, depuis Louise elle-même, jusqu'aux arrière-petits-enfants de Victorine ? Conscient de n'apporter "aucune preuve" décisive, l'auteur espère seulement que d'autres chercheurs aideront à trouver la vérité.

Annexe

Bibliographie, Référence, Essais, et Œuvres.

– La commune, Louise Michel, 1895.

– La vierge rouge, Irma Boyer, 1927.

– Rochefort, la commune contre Dreyfus, Michel Winock 1993.

– Les anarchistes et l'affaire Dreyfus, Sébastien Faure, 1898.

– Œuvres posthumes, Louise Miche, 1905.

– Le livre du jour de l'an, Louise Michel, 1872.

– Les anarchistes français à Londres, Constance Batman, 2014.

– Georges Dandin ou le mari confondu, Molière, 1669.

– Les mémoires de Louise Michel, écrits par elle-même, 1886.

– La misère, Louise Michel, 1880.

– Virago, virgo, viro major... et plus grande qu'elle-même, seipsa major, Elisabeth G. Sledziewsk, 2010.

– La nouvelle Babylone, lettre d'un provençal en tournée à Paris, Eugène Pelletan, 1862.

Dépôt légal avril 2018, ISBN : 979-10-94133-45-3
JMB EDITIONS
Prix 9,00 €